Schneider-
Buch

Aus dem Englischen von Johanna Bardili

PATRICIA WENTWORTH

Rache in Cliff Edge

Ein Miss-Silver-Kriminalroman

1

James Hardwick sah Carmona Leigh zum erstenmal am Abend ihres einundzwanzigsten Geburtstags. Er saß mit den Trevors in einer Loge des berühmten Theaters Royalty und schaute zu den gegenüberliegenden Logen hinüber.

Carmona trug ein bezauberndes weißes Kleid. Sie hatte ihr Pelzcape von den Schultern gleiten lassen, stützte den Ellbogen auf die Balustrade und schaute direkt zu ihm herüber. Aber sie bemerkte ihn nicht wirklich. Ihre Gedanken waren erfüllt von ihrem einundzwanzigsten Geburtstag, von der Perlenkette, die sie von Esther Field bekommen hatte, von der festlichen Atmosphäre des Theaters und von dem, was Alan ihr auf der Treppe zugeflüstert hatte. Alles um sie herum schien von einem rosigen Glücksnebel verschleiert.

James Hardwick konnte den Blick nicht von ihr wenden. Ihm war, als hätte er plötzlich etwas gefunden, wonach er sein ganzes Leben lang gesucht hatte. Es berührte ihn wie ein geheimnisvolles Flirren. Es ergriff Besitz von ihm, ohne daß er es hätte beschreiben können. Es geschah einfach.

Unverwandt starrte er zu ihr hinüber. Sie hatte ein feingeschnittenes Gesicht, von dunklen, weichfallenden Haaren umrahmt. Sie war sehr jung und auffallend blaß. Aber ihre Blässe hatte nichts Bekümmertes oder Krankes, sondern rührte von einer tiefen, beglückenden Gemütsbewegung her.

Carmonas Augen waren von einem dunklen, sanften Grau und wurden von langen, schwarzen Wimpern überschattet. Dennoch nahm James das Strahlen darin wahr. Er befand sich ganz in ihrem Bann und nahm jedes Detail in sich auf.

Dann brach der Zauber. Die dicke Frau neben ihr sagte irgend etwas, und ein großer, blonder Mann setzte sich zu Carmona. Er berührte ihren Arm. Ihre Wangen röteten sich. Sie drehte sich um und lächelte ihm zu.

Colonel Trevor folgte James' Blick und sagte: „Interessiert an den Leuten gegenüber? Der Vater des Mädchens war mein bester Freund – George Leigh. Kam bei einem Autounfall ums Leben, er und seine Frau. Bin Carmonas Vormund, wissen Sie. Aber heute ist sie einundzwanzig geworden. Kann sie also nicht daran hindern, eine Dummheit zu machen, wenn sie unbedingt will."

„Ich sehe nicht ein, was daran dumm ist", mischte sich seine Frau pikiert ein. „Fast alle Mädchen fliegen auf Alan Field."

„Dann sind sie eben alle gleich dumm", entschied der Colonel militärisch knapp.

James dachte über Alan Field nach. Den Namen hatte er schon gehört, vor gar nicht so langer Zeit und in einem unerfreulichen Zusammenhang. Er versuchte sich zu erinnern, kam aber nicht darauf.

Mrs. Trevor zügelte ihre aufkeimende Streitlust und flötete: „Du bist nur eifersüchtig, weil er so gut aussieht!"

Sie gab wieder einmal ihr kokettes Kichern von sich, das bei ihren 55 Jahren ziemlich albern wirkte. James wunderte sich zum tausendsten Mal, wie der Colonel es mit ihr aushielt.

„Sie werden natürlich Tom rechtgeben, lieber James, nicht wahr? In diesem Punkt halten Männer immer zusammen.

Aber wenn Sie mich fragen, kann sich Carmona glücklich schätzen, einen so gutaussehenden Mann zu bekommen. Sie ist ein liebes Ding, gewiß. Und sie verfügt über ein nettes kleines Vermögen. Tom hat es ja auch sorgfältig verwaltet. Aber man kann nicht behaupten, sie sei eine umwerfende Schönheit, nicht wahr? Alan könnte jede haben, er ist nun einmal ein Frauentyp, auch wenn er kein Geld hat. Wußten Sie, daß sie zusammen aufgewachsen sind, nachdem Carmonas Eltern tot waren? Sehen Sie rüber! Die Frau dort ist Esther Field, Carmonas Tante. Sie ist die Witwe von Penderel Field, dem berühmten Maler. Erstaunlich, daß er als Künstler eine so unscheinbare Frau geheiratet hat! Aber sie war vermögend, und damals war er natürlich noch völlig unbekannt. Seine Bilder waren erst nach seinem Tod gefragt. Eigenartig, wie das Schicksal so spielt, nicht wahr? Esther ist Alans Stiefmutter. Auf diese Weise ist Carmona sozusagen seine Cousine. Ein Jammer, daß Alan die Armee verlassen mußte! Esther hat sich sehr darüber aufgeregt. Wahrscheinlich ist sie jetzt heilfroh, daß Alan mit Carmona ..."

„Maisie!" unterbrach Colonel Trevor seine Frau scharf. „Hör auf, die Kupplerin zu spielen!" Er wandte sich an James. „Fürchte, das Gerede fällt Ihnen ziemlich auf den Wecker, ähem."

Mrs. Trevor brachte ein besticktes Taschentuch zum Vorschein und schniefte beleidigt: „Tom – ich bitte dich!"

„Durchaus nicht", beeilte sich James höflich zu sagen. Und er meinte es sogar so. Vielleicht konnte er den Colonel dazu bewegen, mit ihm in der Pause durchs Foyer zu schlendern und ihn Carmona vorzustellen? Erwartungsvoll lehnte er sich zurück. Aber kaum hatte das Schauspiel auf der Bühne begonnen, bekam Mrs. Trevor ihre Migräne. Das Stück mißfiel ihr von Anfang an. Außerdem war der Colonel unliebenswürdig gewesen, sehr unliebenswürdig, jawohl.

James blieb nichts anderes übrig, als den Trevors anzubieten, sie in seinem Wagen nach Hause zu bringen. Er hatte Carmona Leigh gesehen, das war aber auch alles. Für ein ganzes, langes Jahr war das alles. Denn am nächsten Morgen mußte er in den Nahen Osten abreisen, daran war nichts mehr zu ändern.

Genau ein Jahr später sah James Hardwick Carmona wieder. Einen Tag nach seiner Rückkehr saß er im Zug und war auf dem Weg zu den Trevors. Sie hatten ihn eingeladen, bei ihnen zu wohnen. In ihrer kleinen, ländlichen Welt würde sich während seiner Abwesenheit kaum etwas verändert haben. Tom Trevor würde noch immer Blumen züchten, und Maisie würde sich wieder über die große Langeweile fernab von der Stadt beklagen. Er würde sich Maisies endlose Auseinandersetzungen mit ihrer tyrannischen Haushälterin anhören müssen. Ja, nichts würde sich verändert haben.

Wie mochte es Carmona gehen? Er konnte sich irgendwie nicht vorstellen, daß sie Alan Field geheiratet hatte. Ihn nicht und auch keinen anderen. Immer, wenn er in den vergangenen Monaten an seine Rückkehr gedacht hatte, war ihm Carmona in den Sinn gekommen. Er würde heimkehren – heim zu Carmona. Nein, sie konnte Alan Field nicht geheiratet haben. Und sie würde es auch in Zukunft nicht tun – sie würde ihn, James Hardwick, heiraten. Aus einem unerklärlichen Grund wußte James das ganz sicher.

Der Zug lief in eine kleine Station ein, während auf dem

Nebengleis ein anderer Zug in entgegengesetzter Richtung anfuhr. Und als die beiden Züge langsam aneinander vorbeirollten, erblickte er Carmona.

Was er sah, griff ihm ans Herz. Sie starrte mit weit geöffneten Augen vor sich hin und war totenblaß. Es war nicht die bewegte Blässe, die ihm bei der ersten Begegnung vor mehr als einem Jahr aufgefallen war. Diesmal hatte ihr Gesicht einen gequälten Ausdruck. Carmona mußte sehr unglücklich sein.

Der Zug glitt vorbei, Carmonas Gesicht verschwand. Es war der Zug nach London, wie James feststellte.

Eine Stunde später stand er mit Tom Trevor inmitten einer vollerblühten Blumenpracht und erfuhr, daß die Hochzeit von Carmona Leigh und Alan Field für die kommende Woche festgesetzt war. Und wieder überkam James Hardwick das völlig irrationale Gefühl, daß Carmona nicht Alan Field, sondern ihn heiraten würde.

2

Carmona Hardwick kam den gewundenen Pfad vom Strand herauf. Es war ein heißer Nachmittag. Sie trug ein ärmelloses Leinenkleid, grüne Sandalen und einen breitrandigen Sonnenhut. Sie wirkte erfrischt und vergnügt, während sie an Pippa Maybury dachte, deren unvermeidliche Ankunft ihr bevorstand.

Seit drei Jahren hatte sie Pippa nicht gesehen, und sie mußte sich eingestehen, daß Pippa ihr auch nicht gefehlt hatte. Frühere Schulfreundschaften hielten im späteren Leben selten stand. Im Grund war ihr Pippa immer zu oberflächlich gewesen. Sie hatten beide geheiratet, aber sonst hatten sie nichts gemeinsam.

Carmona erreichte die Spitze des Felsens, nach dem das alte Haus benannt worden war – Cliff Edge, dieses schauerlich viktorianische Steingebilde, das James von seinem Onkel Oktavius geerbt hatte. Eigentlich hätten sie es längst verkaufen sollen. Es zeigte deutliche Anzeichen von Verfall, und die Renovierung würde ein Vermögen kosten. Für James und sie war es viel zu groß, aber während seiner ausgedehnten Reisen konnte sie immerhin Freunde einladen und den Sommer am Meer genießen.

Das Haus war von einer Mauer umgeben, hinter der sich der große, vernachlässigte Park verbarg. Die Räume hatten riesige Ausmaße. Sie waren mit Plüsch und schweren, altmodischen Möbeln überladen. Der Haupteingang des Hauses wurde von enormen steinernen Blumentöpfen flankiert, die längst nicht mehr bepflanzt wurden. Zu Onkel Oktavius' Zeiten hatten Geranien darin geblüht.

Carmona wollte gerade ins Haus gehen, als ein röhrender Sportwagen die Auffahrt heraufschoß und scharf abgebremst wurde. Pippa, in grellfarbenen Pluderhosen und Jerseyoberteil, sprang heraus, entdeckte Carmona und umarmte sie stürmisch. Beim letzten Zusammentreffen vor drei Jahren waren ihre Haare tizianrot gewesen. Jetzt erstrahlten sie platinblond. Sie nahm ihre supermodische Sonnenbrille ab und stopfte sie achtlos in ihre pralle, rote Handtasche.

„Darling!" rief sie. „Was für ein scheußliches Haus! Aber

ich freue mich, dich zu sehen! Du lebst doch nicht etwa hier? Nein, das kann nicht sein, der Gedanke ist zu gräßlich! Sicher hast du mir viel zu erzählen? Aber zuerst will ich den Wagen unterstellen. Er gehört George Robertson, und George ist unglaublich pingelig damit. Er hat sich schauderhaft aufgeregt, als ich die Laterne gerammt habe – mit seinem letzten Wagen ..."

Pippa hatte sich in den drei Jahren nicht verändert. Nur ihre Haarfarbe, ihre Kleider und der Name ihres augenblicklichen Favoriten. Damals war es ein gewisser Jocko gewesen, diesmal hieß er George. Und der naive, liebenswerte Bill Maybury nahm das alles mit einem treuherzigen Lächeln hin. Carmona versuchte sich vorzustellen, wie James reagieren würde, wenn sie beginnen wollte, sich Sportwagen zu leihen, immerzu unterwegs zu sein und ständig einen Kometenschweif von Verehrern hinter sich herzuziehen. Undenkbar!

Als der Wagen untergebracht war, geleitete Carmona ihre Schulfreundin in die düstere, verwinkelte Halle. Pippas Kommentar war freimütig.

„Scheußlich, Darling! Wie ein Hotel, in dem meine Urgroßmutter abgestiegen sein könnte!"

Carmona lachte. „Im Augenblick sind wir so etwas wie ein Hotel. Die Trevors sind hier – Maisie und Tom, erinnerst du dich an sie?"

„Natürlich. Er war doch dein Vormund."

„Und Adela Castleton ..."

Pippa schnitt eine Grimasse. „Doch nicht *die* Castleton? Ich weiß nicht, ob ich sie ertrage! Ihr ständiges Naserümpfen über die jungen Leute von heute ..."

Rasch fuhr Carmona in ihrer Aufzählung fort. „Esther Field ist auch hier."

„Tante Esther? Ich werde verrückt! Läßt sie immer noch Maschen fallen und stöhnt ‚O Kinder!'? Ach du meine Güte! Du hältst ja die reinste Verwandtschaftsversammlung hier ab!"

„Tante Esther ist die einzige wirkliche Verwandte", korrigierte Carmona. „Sie ist die Schwester meines Vaters."

„Und die Stiefmutter von Alan Field. Carmona – wo ist Alan?"

„Ich weiß nicht."

Sie waren in dem Raum angelangt, den Oktavius Hardwick das Morgenzimmer genannt hatte. Es war ganz in dunklem Holz gehalten und lag nach Norden, so daß es doppelt düster wirkte. Carmona wollte eilig die Führung durch das Haus fortsetzen, aber es bestand nicht die leiseste Chance, daß Pippa ihr Gesprächsthema fallenließ.

„Du weißt es nicht? Na, hör mal! Aber Esther muß es doch wenigstens wissen?"

„Sie hat keinen blassen Schimmer."

„Du willst doch nicht sagen, er ist einfach sang- und klanglos verduftet?"

„Doch, so ungefähr."

Es kostete sie ungeheure Überwindung, darüber zu sprechen. Aber es war schließlich nur Pippa.

„Carmona, Darling, das mußt du mir erzählen! Als ich dein Telegramm erhielt, daß alles abgeblasen war, wollte ich sofort zu dir eilen. Aber Bill sprach ein Machtwort – manchmal tut er das, ob du's glaubst oder nicht. Worüber habt ihr euch gezankt?"

„Wir haben nicht gezankt."

Pippas Stimme wurde eine halbe Oktave höher. „Nicht gezankt? Nimm mich nicht auf den Arm!"

Carmona zuckte die Schulter. „Er ist nicht gekommen. Das ist alles."

„Du meinst, er hat dich in voller Brautmontur stehenlassen – einfach so?"

„Ja."

Es war entsetzlich, wie Pippa darin herumrührte. Noch viel entsetzlicher, als sie gedacht hatte. Es stach wie tausend Nadeln. Die kalte, dunkle Kirche mit dem Geruch eines verlassenen, leeren Ortes. Leer – Gott sei Dank! Nur Tom, Maisie und Tante Esther waren anwesend. Und natürlich der Pfarrer, aber der zählte nicht. Er konnte nicht beurteilen, was es bedeutete. Er war schon zu alt, zu fromm und zu weise.

„Wie furchtbar für dich, Darling!" zwitscherte Pippa. „Aber was zum Teufel ist in ihm vorgegangen? Er hätte eure Verlobung doch einfach lösen können! Ich kann mir nicht vorstellen, daß er in letzter Minute kalte Füße bekommen hat. Das paßt nicht zu ihm. Hat er dir nicht wenigstens geschrieben? Vielleicht ist ihm etwas zugestoßen?"

Carmona schüttelte den Kopf. „Nein. Er hat geschrieben, danach. Der Brief kam einen Tag später. Er schrieb, er sei nicht zum Ehemann geeignet und habe sich entschlossen, nach Südamerika zu gehen."

„Und das war alles? Na, dann kannst du froh sein, daß du ihn los bist. Er ist ein charmanter Typ, aber Ehemänner sollten wirklich andere Eigenschaften haben. Ohne Murren Rechnungen bezahlen, Koffer tragen, Steuererklärungen machen und all die unangenehmen Dinge – du weißt schon.

Dafür hätte Alan sicher nicht getaugt. Entschuldige, daß ich so offen bin."

Carmona antwortete nicht. Pippas Einstellung war ihr vollkommen fremd. Um unangenehme Dinge hatte sie sich stets selbst gekümmert. Und für sie hatte die Verlobung mit Alan bedeutet, daß er sie brauchte. Er hatte sie immer gebraucht, schon seit ihrer gemeinsamen Kindheit. Er konnte selbstsüchtig, mitunter sogar grausam sein und war sich seines Charmes in geradezu fataler Weise bewußt. Er nutzte die Schwächen seiner Mitmenschen bedenkenlos aus – aber er hatte sie gebraucht. Und dann, als er sich einfach davonmachte und sie so tief demütigte, war etwas in ihr zerbrochen.

„Wach auf, Darling!" sagte Pippa. „Die Vergangenheit ist tot. Und schließlich hat es gar nicht so lange gedauert, bis du dir James geangelt hast. Wenn ich ehrlich sein soll – so viel Grips hätte ich dir gar nicht zugetraut."

„Danke, Pippa."

„Nun ja, du warst immer ein bißchen still. Du hättest genausogut gemütskrank werden und als melancholisches Denkmal herumsitzen können wie diese bekloppte Jungfrau bei Shakespeare. Ich hab die Stelle immer idiotisch gefunden. Welcher attraktive Typ interessiert sich schon für Denkmäler und solchen Kram! Aber nun mußt du mir von James erzählen. Er sieht natürlich nicht halb so gut aus wie Alan, oder?"

„Nicht halb so gut", bestätigte Carmona lächelnd.

„Bei Ehemännern ist das auch nicht notwendig", erklärte Pippa. „Trotzdem bin ich neugierig, ihn kennenzulernen."

„Er ist verreist", sagte Carmona. „Aber ich erwarte ihn morgen zurück. Er arbeitet für die UNO, weißt du."

„Ist er viel unterwegs?“

„Ziemlich. Manchmal begleite ich ihn auch. Im Frühjahr waren wir zusammen in den Vereinigten Staaten.“

Pippa riß die Augen auf. „Klingt interessant! Ich hoffe, er kreuzt bald auf. Aber wo sind eigentlich die anderen? Du sagst doch, das Haus ist voll?“

„Unten am Strand“, erwiderte Carmona. „Hoffentlich langweilst du dich nicht. Es sind lauter ältere Leute.“

„Ach, zwischendurch kann das auch mal eine ganz nette Abwechslung sein“, kicherte Pippa. „Wer weiß, vielleicht hat jeder von ihnen ein streng gehütetes Geheimnis, das ich lüften kann. Ich bin schon gespannt auf ihre entrüsteten Mienen ...“

3

Langsam setzte die Flut ein. Es wurde zunehmend schwüler, und kein Lüftchen regte sich. Esther Field saß im Schatten der Strandhütte auf einem Polster und strickte hingebungsvoll an einem breiten, roten Schal, der ein Weihnachtsgeschenk werden sollte.

„Für die alte Mrs. Mount“, erklärte sie Lady Castleton, die den Schatten mit ihr teilte.

Sie waren zusammen zur Schule gegangen, als Adela Castleton noch Adela Thane geheißen hatte. Keine von ihnen hatte eine wesentliche Wandlung durchgemacht. Esther war schon immer pummelig, freundlich und vertrauensselig gewesen, und Adela, schon als Kind eine Schönheit, hatte sich erstaunlich gut gehalten. Ihr klassisches Profil war mit den Jahren eher noch ausgeprägter geworden, ihre Figur war noch immer tadellos. Neben ihr wirkte Esthers Gestalt wie eine schlecht gepackte Reisetasche, während Maisie Trevor mit ihrem künstlich jugendlichen Gehabe ganz einfach lächerlich aussah. Adela kleidete sich mit erlesenem, teurem Geschmack. Allein ihr schlichter blauer Sommerhut mochte mehr gekostet haben, als Esther in ihrem ganzen Leben für Hüte ausgegeben hatte.

„Leg doch endlich das garstige Strickzeug weg", sagte Adela nun. „Wie kannst du bei dieser Hitze an Weihnachtsgeschenke auch nur denken!"

„O Kinder – jetzt hab ich eine Masche fallen lassen! Siehst du, deswegen muß ich so frühzeitig damit anfangen. Ich lasse immerzu Maschen fallen. Carmona fehlt mir wirklich sehr. Sie hat mir immer geholfen, die Maschen wieder aufzufangen. O Kinder – noch eine! Carmona, sei doch bitte so lieb ..."

Carmona kam lächelnd zu ihr, kniete neben ihr nieder und behob den Schaden.

Pippa, die träge in der Sonne lag, hob den Kopf und sagte: „Warum verlegst du dich nicht gleich auf Lochmuster, Tante Esther?"

„Gott bewahre! Ich hätte pausenlos Schwierigkeiten mit dem Auszählen."

Sie nahm mit dankbarem Lächeln das Strickzeug wieder an sich und wischte sich eine Schweißperle von der Stirn.

„Tom Trevors Strandmarsch wird ziemlich heiß und anstrengend sein", sagte Carmona. „Maisie hat recht. Im Haus ist es jetzt wirklich kühler. Nur bei ihrer Suche nach einer passenden Lektüre wird sie kein Glück haben."

Pippa gähnte. „Onkel Oktavius hatte wohl nichts für Literatur übrig?"

Carmona schüttelte lachend den Kopf. „Es sind nur ein paar gräßliche Biographien von irgendwelchen militärischen Größen da."

Adela Castleton beobachtete Carmona aus dem Augenwinkel und sagte plötzlich leise zu Esther: „Diese Ehe scheint ihr zu bekommen, findest du nicht?"

Esther blickte überrascht hoch. „Gewiß doch. Aber warum sagst du das?"

„Ich dachte gerade an Alan. Ich glaube, es wäre nicht gutgegangen mit den beiden. Hast du je wieder von ihm gehört?"

„Nein. Er ist in Südamerika. Das ist alles, was ich weiß."

„Du hast nie herausbekommen, weshalb die Hochzeit geplatzt ist?"

„Nein."

„Und sie hat praktisch im nächsten Augenblick James Hardwick geheiratet."

„Nach drei Monaten", korrigierte Esther.

„Das nenne ich im nächsten Augenblick. Aber schließlich war es das beste für sie. Tom war richtig erleichtert. Er schätzt James sehr. Ich selbst erinnere mich nur an ihn, als er noch ein kleiner Junge war und seine Ferien bei Mildred Wotherspoon verbrachte. Ist es wahr, daß er sich auf den ersten Blick in Carmona verliebt hat? Schwer vorzustellen! Aber manchmal passieren die seltsamsten Dinge."

Esther fuhr empört hoch und flüsterte: „Adela! Wie kannst du nur!"

„Was habe ich denn Schlimmes gesagt? Ich kann sie gut leiden. Aber ihre Qualitäten entdeckt man eben nicht beim bloßen Hinschauen." Sie senkte ihre Stimme noch ein wenig. „Wenn ich daran denke, wie bezaubernd Irene aussah..."

Ein gerührtes Lächeln breitete sich auf Esthers schwammigem Gesicht aus. O ja! Ich glaube, ich habe nie ein hübscheres Mädchen gesehen als Irene in jenem letzten Sommer."

Adelas Mund wurde schmal. Wie hatte sie selbst nur davon anfangen können! Irene war seit mehr als zehn Jahren tot, aber es schmerzte noch immer. Ein winziger Stich der Eifersucht auf Carmona mußte sie zu der Äußerung verleitet haben. Wie hatte sie nur daran rühren können!

An Esthers mildem, nachdenklichem Gesichtsausdruck erkannte Adela, daß auch sie sich erinnerte. Irene Thane, Adelas kleine Schwester, abgöttisch von ihr geliebt und mit zwanzig Jahren auf tragische Weise umgekommen. Ertrunken. Ein Unfall, wurde behauptet. Es war unbegreifbar und unwahrscheinlich. Ein warmer, schöner Sommertag, das Meer so ruhig wie selten. Irene war hinausgeschwommen und nicht wieder zurückgekehrt. Ein Krampf, wurde vermutet.

Esther seufzte. „Hat sie jemals vorher einen Krampf gehabt?"

Adelas Gesicht wurde starr. „Jeder bekommt irgendwann im Leben mal einen Krampf."

„Meinst du? Ich habe nie etwas dergleichen gehabt. Und Irene war eine so blendende Schwimmerin – eine richtige Wassernixe. Weißt du, Adela, ich bin froh, daß wir über sie sprechen. Ich finde es so traurig, wenn man liebe Menschen einfach vergißt. Als Penderel starb, war ich furchtbar niedergedrückt und wollte nicht darüber reden. Aber später war es mir ein Bedürfnis. Nicht etwa, weil seine Bilder plötzlich berühmt wurden, sondern um die Erinnerung an ihn lebendig zu halten."

Sie seufzte und fuhr nach einer kleinen Pause fort: „Von Kunst habe ich nie viel verstanden. Penderel hat sich nicht daran gestört. Er sagte, ich hätte die einzigen beiden Tugenden, die bei einer Frau zählten: mein sanftes Wesen und meine Fleischpasteten. Weißt du übrigens, daß dieser Mr. Murgatroyd ein Buch über Penderel schreibt? Er will unbedingt private Einzelheiten, weißt du. Briefe und so weiter."

„Wozu soll das gut sein?" murmelte Adela.

„Nun, ich konnte ihm auch gar nicht helfen. Als Penderel starb, war ich total fertig. Alan hat die Papiere für mich geordnet. Ich habe keine Ahnung, wo sie geblieben sind. Es war noch so viel von Alans Mutter dabei – nein, ich hätte es nicht fertiggebracht, die Sachen durchzusehen." Sie ließ eine Masche fallen, ohne es zu merken.

„Aber Alan wird dir doch gesagt haben, was er mit den Papieren gemacht hat?"

Esther hob hilflos die Schultern. „Ich weiß nicht – es ist so lange her. Und ich war richtig krank damals. Natürlich müssen die Sachen irgendwo sein. Ich habe Mr. Murgatroyd versprochen, danach zu suchen. Er hat übrigens Inserate in südamerikanischen Zeitungen aufgegeben – wegen Alan . . ."

Adela Castletons Mund wurde ein Strich. Alan sollte besser auf der anderen Hälfte der Erdkugel bleiben – je weiter weg, desto besser. Niemand war damit gedient, wenn er wiederkam. Sie war nicht wild darauf, ausgerechnet durch ihn dauernd an Irene erinnert zu werden. Er war hinter Irene hergewesen, in jenem letzten Sommer. Sie war kaum zwanzig, aber schon damals auf eine fatale Weise attraktiv. Irene hatte sich beeindrucken lassen von seinem selbstbewußten Charme, und dann war sie hinausgeschwommen, ertrunken, ein Krampf... Warum sollte sie einen Krampf bekommen haben?

„O Kinder!“ stöhnte Esther Field. „Ich habe eine Masche fallen lassen! Nein, zwei – nein, drei! Carmona, sei doch bitte so lieb...“

Carmona eilte ihr zu Hilfe. Sie hielt den Schal noch in der Hand, als sie den Mann über den gewundenen Pfad zum Strand herunterkommen sah. Fassungslos starrte sie ihm entgegen.

Der Besucher näherte sich mit selbstbewußtem Lächeln. Er wußte, wen er hier vorfinden würde. Esthers Hausmädchen hatte es ihm verraten. Nun, vor Tom Trevor würde er sich in acht nehmen müssen. Er hätte zwar nicht sagen können, wieso, aber ein Instinkt warnte ihn. Aber alle anderen ließen sich wahrscheinlich prächtig in seine Pläne einfügen. Der Gedanke an das Spiel, das er vorhatte, bereitete ihm schon jetzt Vergnügen.

Carmona war nicht fähig, sich zu bewegen. Es war, als hätte ihr jemand einen betäubenden Schlag versetzt. Esthers Strickzeug entglitt ihr. Sie war so geschockt, daß sie nichts fühlte, absolut nichts.

Alan Field trat ihr lächelnd entgegen, legte ihr die Hand auf die Schulter und sagte: „Hallo, Carmona!“

Dann kniete er neben Esther nieder, küßte sie auf die Wange und sagte: „Wie geht es dir, altes Mädchen? Gut, wie ich sehe. Aber ihr enttäuscht mich. Der verlorene Sohn kehrt heim, und niemand bricht in Jubel aus!“

Esther war die erste, die die Sprache wiederfand. „O Alan, mein lieber Junge!“ Sie umarmte ihn so heftig, daß er sich in ihrer Wolle verhedderte und ein Dutzend Maschen von der Nadel riß.

Alan befreite sich und wandte sich an Adela. „Lady Castleton – wie reizend! Das ist ja das reinste Familienfest! Schade, daß Hardwick nicht da ist. Hätte mich gefreut, ihn zu treffen.“

Carmona stand noch immer wie erstarrt. Aber sie brachte es fertig zu sagen: „Er wird spätestens morgen hier sein.“

„Reizend!“ sagte Alan.

Endlich wich die Taubheit aus Carmonas Gliedern. Der Schock war vorüber, sie konnte wieder fühlen. Wie oft hatte sie sich vorzustellen versucht, was sie bei einem Wiedersehen mit Alan empfinden würde! Aber es war ganz anders. Das einzige Gefühl, das in ihr hochkam, war Zorn über seine Unverfrorenheit.

Als Alan sein Gesicht der Sonne zukehrte, sah sie, daß er wesentlich älter aussah als vor drei Jahren. Was immer er in Südamerika getrieben hatte, äußerlich war es ihm jedenfalls nicht bekommen.

Ihr fiel ein, daß er wohl nur hergekommen war, um Esther zu sehen, und ihr Ärger legte sich etwas.

Dann aber hatte Alan die Stirn zu sagen: „Du hast doch wohl ein Zimmer für mich, Carmona?“

Pippa setzte sich kerzengerade hoch. „Vielleicht hast du ihr zuerst etwas zu erklären? Wo kommst du überhaupt auf einmal her?“

„Aus Südamerika natürlich. Woher sonst? Jemand hat dort nach mir inseriert. Es klang irgendwie nach Geld – und da bin ich also. Der Penderel-Field-Boom nimmt anscheinend Ausmaße an. Jemand bot mir ein stattliches Sümmchen für persönliche Dokumente, um nicht zu sagen ‚Indiskretionen'."

Pippa unterbrach ihn ungeduldig. „Das Haus ist voll. Du hast wirklich Nerven, Carmona um ein Zimmer zu bitten!"

Esther Field erhob sich schwerfällig. „Nein, wirklich. Hier kannst du nicht gut wohnen. Erinnerst du dich an die Annings? Du hast ein paarmal dort übernachtet, wenn wir das Haus voller Gäste hatten."

„Natürlich erinnere ich mich."

„Nun, Mrs. Anning ist seit langem krank. Aber Darsie kümmert sich um alles. Sie sind gezwungen, Zimmer zu vermieten. Das Haus ist jetzt eine Pension, und ich denke, sie werden noch Platz für dich haben. Komm mit nach oben, daß wir ein bißchen reden können. Aber nicht so rasch, der steile Pfad macht mir ein wenig Schwierigkeiten."

Alan nickte. Dann drehte er sich zu Carmona herum und sagte lässig: „Unterhaltungen mit Esther pflegen sich meist in die Länge zu ziehen. Bin ich zum Dinner eingeladen, oder ist das Haus auch dazu zu voll?"

Carmona brachte ein Lächeln zustande. „Es wird sich machen lassen. Zum Dinner kannst du bleiben."

4

Esther Field saß in der Nähe des Fensters und fächelte sich mit der flachen Hand Luft zu. Sie hatten sich ins Morgenzimmer, den kühlsten Raum des Hauses, zurückgezogen.

Nachdem Esther die erste Überraschung verdaut hatte, kam ihr zum Bewußtsein, daß Alan sie alle in eine ziemlich peinliche Situation gebracht hatte. James würde wohl kaum begeistert sein, ihn in seinem Haus anzutreffen, nach allem, was er Carmona angetan hatte.

Sie seufzte bekümmert. Alan hätte telefonieren können, statt einfach herzukommen. Wie rücksichtslos von ihm!

„Nun, altes Mädchen?“ sagte Alan lachend. „Wie kann er einfach hier hereinplatzen – das denkst du doch jetzt? Du siehst, ich durchschaue dich noch immer.“

Esther seufzte wieder. „Was willst du hier?“

„Das habe ich dir doch bereits auseinandergesetzt. Ich werde die Papiere meines Vaters durchsehen, für diesen Murgatroyd. Solange die Nachfrage anhält, muß man Geld rausschlagen, findest du nicht?“

„Aber Murgatroyd wird nichts zahlen für die Briefe“, sagte Esther zweifelnd. „Niemand, der nur eine Biographie schreiben will, tut das ...“

„Natürlich nicht, Dummchen“, erwiderte Alan übertrieben geduldig. „Aber trotzdem ist Geld drin.“

„Das kann ich mir nicht vorstellen."

„Du wirst es schon noch merken. Ich brauche jedenfalls Geld. Ich stehe vor der größten Chance meines Lebens, und ich gedenke sie zu nutzen."

„Was hat das mit den Briefen deines Vaters zu tun?"

„Alles oder nichts – ganz wie du es willst."

„Ich?" Esther schaute ihn verständnislos an.

„Ja, du. Ich habe nicht besonders viel von meinem Vater geerbt, nicht wahr?"

„Du hast alles bekommen, was da war."

Er machte eine wegwerfende Geste. „Ph! Ein paar hundert lausige Pfund! Alles andere war ja sowieso dein Geld."

„Du hast auch das ganze Vermögen deiner Mutter bekommen und in wenigen Monaten durchgebracht", wandte Esther ein.

„Jeden Penny davon", lachte Alan.

Esther seufzte. Für Alan war Geld stets nur zum Ausgeben dagewesen. Was immer sie ihm zugesteckt hatte, es war jedesmal rasch verpulvert gewesen. Dennoch hatte er sie immer wieder herumgekriegt. Nicht umsonst hatte Penderel immer behauptet, sie hätte ein Herz aus Butter. Aber sie stammte auch aus einer alten Kaufmannsfamilie und war dazu erzogen worden, Geld sorgsam zu hüten. Und diesmal wollte sie hart bleiben.

Alan setzte sein charmantestes Lächeln auf und sagte: „Ich will dir erklären, um was es geht. Ein Freund von mir hat in Südamerika eine kleine Ranch. Er heißt Cardozo. Wir haben geschuftet wie die Ackerpferde, um etwas daraus zu machen. Und nun hat Cardozo Gelegenheit, eine größere Ranch zu kaufen, mit allem Drum und Dran – gutes Weideland, viel

Wasser und so weiter. Zwei Drittel des notwendigen Kapitals kann er aufbringen. Und wenn ich den Rest besorge, kann ich als Partner einsteigen."

„Wieviel müßtest du denn besorgen?" fragte Esther mißtrauisch.

„Drei- oder viertausend Pfund. Cardozo will den Preis noch ein bißchen drücken."

Esther hörte auf zu fächeln. Plötzlich war ihr nicht mehr heiß. Sie wußte, was sie jetzt tun mußte. Alan immer wieder etwas von ihrem eigenen Monatsgeld zuzuschießen, war die eine Sache gewesen. Aber seine jetzige Forderung würde an die Substanz gehen – das war etwas anderes. Das Kapital konnte und wollte sie nicht angreifen. Es stammte von ihrer Familie, es stand Carmona und deren Kindern zu.

Esther versuchte, ihrer Stimme Festigkeit zu geben. „Ich fürchte, da kann ich dir nicht helfen. Wirklich nicht."

„Du verlangst also, daß ich die Chance meines Lebens vergeude? Ich würde dir das Geld ja zurückzahlen. Also, komm schon ..."

Esther schaute verlegen beiseite. Alan war Penderels Sohn, er hatte den gleichen Charme – aber man konnte ihm nicht trauen. Man hatte ihm noch nie trauen können. Nein, diesmal mußte sie hart bleiben. Es war Carmonas Geld.

An ihrem Gesichtsausdruck erkannte er, daß er diesmal kein Glück bei ihr hatte. Wütend steckte er sich eine Zigarette an. Aber er gab noch nicht auf.

„Ich habe nicht einmal mehr einen Koffer", sagte er in anklagendem Ton. „Ich mußte ihn verpfänden, um das Reisegeld zusammenzukratzen."

Esther seufzte tief. „Ich kann dir helfen, bis du eine

passende Beschäftigung findest ..."

„Ich habe bereits eine passende Beschäftigung gefunden", erwiderte er scharf. „Was mir fehlt, ist Geld." Seine Stimme wurde wieder weich. „Dann werde ich wohl doch auf die Papiere meines Vaters zurückgreifen müssen. Bedauerlich, aber was soll ich machen?"

Esther antwortete nicht. Sie starrte ihn bedrückt an und wartete, bis er schließlich fortfuhr: „Du weißt vermutlich, daß die meisten Biographien stinklangweilig sind. Murgatroyd wird einen Haufen Arbeit haben und höchstens ein bißchen Taschengeld dabei verdienen." Er blies ihr eine Rauchwolke direkt ins Gesicht. „Biographien sind deshalb stinklangweilig, weil alle wirklich interessanten Dinge darin verschwiegen werden. Aber nehmen wir mal an, sie werden nicht verschwiegen. Nehmen wir mal an, der brave Leser erfährt, wer den großen Mann in Wirklichkeit gegängelt hat oder für wen er dieses und jenes tat – vor allem ‚jenes' ... Unter solchen Umständen kann ein biographischer Schinken natürlich zum Bestseller werden."

„Ich weiß nicht, was du meinst", sagte Esther beklommen.

„Ich bringe es dir schon bei. Ganz langsam und in begreifbaren Sätzen. Mein Vater hat etliche Briefe aufbewahrt, die er besser vernichtet hätte. Ich sehe nicht ein, daß Murgatroyd sie ausschlachten und dann den ganzen Rahm abschöpfen soll. Wenn er bereit ist, mit mir fifty-fifty zu machen, kann er drucken, was er will – ‚pikante Enthüllungen' nennt man so was. Wenn nicht, veröffentliche ich die Briefe selber und kassiere allein ab."

„Esther rang nach Luft. „Das ... das kannst du nicht!"

„Wieso nicht? Du hast mir eine Generalvollmacht ausge-

stellt, als Vater starb und du so krank warst."
„Ich – ich kann sie widerrufen."

Alan wunderte sich, daß sie darüber Bescheid wußte. Einen Moment lang war er verärgert, weil sein Bluff nicht funktioniert hatte. Dann sagte er lachend: „Das gibt dem Skandal erst die richtige Würze – Ehefrau und Sohn des berühmten Künstlers prozessieren um seine peinlichen Briefe! Und selbst wenn dir ein Gericht die Originale zuspricht, könnte ich Kopien davon besitzen, nicht wahr? Außerdem habe ich ein blendendes Gedächtnis. Ich könnte Interviews geben, Andeutungen fallen lassen..."

Esther nahm gar nicht mehr auf, was er sagte. Ihre Gedanken waren bei den Briefen. Konnte etwas darin stehen, das sie nicht wußte? Penderel und sie waren glücklich gewesen. Es hatte Meinungsverschiedenheiten gegeben, gewiß. Künstler hatten manchmal ihre Launen. Aber sie brauchten jemand, der ihnen Geborgenheit gab. Ja, bei ihr hatte sich Penderel geborgen gefühlt – das konnte ihr niemand nehmen.

Sie wandte sich Alan zu. Er stand an den Kaminsims gelehnt und ähnelte in diesem Augenblick so sehr seinem Vater, daß es sie schmerzte.

„Alan, dein Vater hat nie ein Geheimnis daraus gemacht, daß ihm die Frauen scharenweise nachliefen. Viele haben ihm geschrieben – es amüsierte ihn höchstens, wie dumm sie waren. Er pflegte das Geschreibsel zu zerreißen und ins Feuer zu werfen. Aber selbst wenn er einiges davon aufgehoben hätte..."

„Die Briefe, die ich meine, *hat* er aufgehoben. Und er hat sie auch beantwortet."

„Woher willst du das wissen?"

„Weil die ganze Korrespondenz vorhanden ist – seine Briefe und ihre."

„Ihre? Du meinst... nein, das glaube ich nicht!"

„Du wirst es glauben müssen, wenn die Briefe erst mal veröffentlicht sind. Ich sage ‚wenn' – es liegt natürlich ganz bei dir. Ich bin der letzte, der deine Gefühle verletzen will. Aber irgendwie muß ich ja wohl zu meinem Geld kommen, nicht wahr?" Er schaute auf die gräßlich verschnörkelte Uhr, die auf dem Kaminsims stand. „Oh, schon halb sieben. Wie rasch doch die Zeit vergeht im trauten Familienkreis! Wann wird hier gespeist?"

Esther, die wie vor den Kopf geschlagen war, antwortete mechanisch: „Um acht, kalte Platte."

„Fein. Dann werde ich mich rasch bei Darsie einquartieren – es sei denn, Carmona überlegt es sich noch einmal anders."

„Nein! Du kannst nicht hierbleiben!" rief Esther entsetzt und beeilte sich hinzuzufügen: „Ich habe fast fünfzehn Pfund im Haus. Das hilft dir erst einmal weiter. Und später wird sich eine Lösung finden."

„Davon bin ich überzeugt", sagte Alan lachend. Er warf ihr eine Kußhand zu und schlenderte zur Tür. „Ich sehe dich also später. Und mach dir keine unnötigen Sorgen. Es wird alles gutgehen – wenn du vernünftig bist..."

Esther blieb bewegungslos sitzen. Erst als sie die Außentür schlagen hörte, drehte sie sich herum und schaute aus dem Fenster. Sie sah Alan mit einem Koffer in der Hand draußen vorbeigehen.

5

Die Häuser entlang der Felsküste waren alle sehr verschieden. Manche waren klein und flach, andere hatten wuchtige Balkone oder ausladende Erker.

Als Colonel Anning sich hier niedergelassen hatte, war ihm sein Haus hübsch und gemütlich und nicht übermäßig groß erschienen. Im Lauf der Jahre hatten dann die Preise angezogen, so daß es immer schwieriger geworden war, das stattliche Gebäude zu unterhalten. Und bald nach seinem Tod mußte Mrs. Anning notgedrungen zahlende Gäste aufnehmen. Inzwischen hatte Darsie eine gutgehende Pension daraus gemacht.

Alan schnitt eine Grimasse. Pensionen waren meist mit alten Damen vollgestopft, und das würde Darsie bestimmt nicht gefallen. Er kannte sie als attraktives, lebenslustiges und sehr temperamentvolles Mädchen.

Darsie öffnete die Tür selbst. Alan hielt vor Überraschung einen Augenblick die Luft an. Sie konnte noch nicht einmal dreißig sein. Aber vor ihm stand ein hageres, etwas vertrocknetes weibliches Wesen mit scharfen Linien um den Mund herum. Ihre schwarzen Haare waren glatt nach hinten gebürstet.

„Hallo, Darsie!“ sagte er.

Sie starrte ihn minutenlang an, ehe sie mit ausdrucksloser Stimme murmelte: „Alan ...“ Und nach einer langen Pause:

„Was willst du?"

Alan lachte. „Ist das die Art, einen alten Freund zu begrüßen? Ich war drei Jahre weg – in Südamerika, um genau zu sein. Und niemand scheint sich über meine Heimkehr zu freuen."

Darsie hatte ihre Fassung wiedergewonnen und antwortete ironisch: „Frag doch mal Carmona – vielleicht freut sie sich."

Er lächelte. „Wir sollten nicht vor der Tür über unsere gemeinsamen Freunde plaudern. Willst du mich nicht hineinbitten?"

Darsies Mund wurde schmal. Sie hätte ihn wegschicken können. Zu viele bittere Erinnerungen standen zwischen ihm und ihr – und zu viele bittere Worte, ungesagte Worte, die ihr in endlosen durchwachten Nächten in den Sinn gekommen waren.

Sie zögerte. Dann öffnete sie eine Tür zu ihrer Linken. Mrs. Anning hatte den kleinen Raum früher als Blumenzimmer benutzt, jetzt diente er Darsie als Büro. „Ich wüßte zwar nicht, was wir zu besprechen hätten . . ."

Alan schlenderte lächelnd ins Büro. „Oh, wir könnten zum Beispiel besprechen, in welchem Zimmer du mich unterbringst. Esther meinte, du würdest das schon arrangieren. Carmona scheint nämlich bis unters Dach voll zu sein."

Es war, als hätte ihr jemand kaltes Wasser ins Gesicht geschüttet. Aber sie beherrschte sich. Wer eine Pension führte, mußte zwangsläufig eine Elefantenhaut bekommen. Aber mit Alan unter einem Dach – nein, das ging zu weit!

„Ich bin überrascht, daß Carmona kein Zimmer für dich hat!" Der eisige Spott in Darsies Stimme war nicht zu überhören.

„Tja, sieht so aus, als wäre ich der böse Wolf, vor dem sie sich fürchtet. Ich darf gerade noch zum Essen erscheinen, dann habe ich wieder zu verschwinden.“ Er lachte. „Wie albern! Als ob ich nach all den Jahren die Vergangenheit heraufbeschwören würde! Was gewesen ist, ist vorbei, aus und vorbei.“

Auf Darsies Wangen erschienen zwei hektische rote Flecke. „Das gilt auch für mich, nehme ich an?“

Alan zuckte die Schulter. „Das gilt für jedermann. Wir hatten eine schöne Zeit zusammen, wenn ich mich recht erinnere. Aber du kannst die Uhr nun mal nicht zurückdrehen. Wozu also darüber reden?“

Darsie begriff, was in ihm vorging. Carmonas Ablehnung war eine Herausforderung. Auch ihre eigene Haltung reizte ihn. Es würde ihm Vergnügen bereiten, seinen alten Charme zu erproben. Eine schreckliche Sekunde lang stellte sie sich vor, sie würde vielleicht wieder auf ihn hereinfallen. Aber nein, diesmal hatte sie die Augen offen.

„Die Sache mit deiner Mutter tut mir wirklich leid“, sagte Alan mit so viel Wärme in der Stimme, daß Darsie zusammenzuckte. „Wie geht es ihr?“

„So einigermaßen“, antwortete sie ausdruckslos. „Mal besser, mal schlechter. Es war der Kummer, der sie krank gemacht hat. Der Kummer mit mir. Hast du vergessen, worüber wir bei unserem letzten Zusammensein sprachen? Ich sagte dir, daß ich ein Kind erwartete.“

Er machte eine vage Handbewegung. „Mein armes Kleines! Aber schau, ich war selber am Boden zerstört. Was hätte ich für dich tun können? Immerhin warst du unglaublich geschickt – es scheint keinerlei Skandal gegeben zu haben.

Wie hast du das nur angestellt?"

Er tat so interessiert wie ein entfernter Bekannter, und Darsie dachte: ‚In ihm ist nichts Menschliches. Er kann nicht lieben, nicht hassen, nicht zornig oder traurig sein. Außer seiner eigenen Person ist ihm jeder Mensch absolut gleichgültig.'

Mit unbewegtem Gesicht sagte sie: „Eine verheiratete Freundin nahm mich auf. Sie hatten keine eigenen Kinder. Sie adoptierten meines und gingen nach Australien."

Alan lachte erleichtert. „Was für eine glückliche Fügung!" Enorm praktisch, wie sich die Sache bereinigt hatte – kein Skandal, eine stille Adoption und ab damit ans andere Ende der Welt! Aber warum zum Teufel funkelte ihn Darsie dann so wütend an?

Gerade in dem Moment, als Darsie fauchte: „Dafür könnte ich dich umbringen!" hatte sich die Tür geöffnet. Eine nette, rundliche Frau machte einen Schritt vorwärts, hielt erschrokken inne und ging rückwärts wieder hinaus. Die Tür klappte hinter ihr zu.

Ethel Burkett keuchte die Treppe hinauf, so rasch wie nie zuvor. Sie klopfte an eine der Schlafzimmertüren und stürzte hinein, ohne eine Aufforderung abzuwarten.

Miss Maud Silver schaute überrascht von ihrem Strickzeug hoch. Sie genoß die frische Brise vom Meer her und die schöne Aussicht auf die Bucht. Es war wirklich eine gute Idee gewesen, hier Ferien zu machen und ihre Nichte Ethel zu überreden, ihrer Gesundheit zuliebe wenigstens für zwei Wochen mitzukommen. Nur schade, daß Ethel morgen schon wieder abreiste. Sie brachte es einfach nicht über sich, ihren Mann und ihre Kinder noch länger alleinzulassen.

„Ach Tante, du kannst dir nicht vorstellen ..." sprudelte Ethel los.

„Setz dich doch erst mal", sagte Miss Silver milde. „Was ist denn passiert?"

Ethel Burkett sank in einen Sessel. „Nichts Schlimmes eigentlich – aber etwas völlig Unerwartetes. Miss Anning – du weißt doch, sie ist immer so ruhig und beherrscht. Und dann das! Vielleicht hätte ich klopfen sollen. Ich wollte mich nur verabschieden, weil ich doch morgen früh den ersten Zug nehme ..."

„Du wolltest erzählen, worüber du dich so aufgeregt hast", erinnerte Miss Silver mit sanftem Lächeln.

„Ach, Tantchen, du bist immer so entsetzlich logisch! Nun, ich öffnete ahnungslos die Tür zum Büro. Und da stand ein gutaussehender junger Mann, ein unglaublich gut aussehender junger Mann, der bestaussehendste junge Mann, den du dir vorstellen kannst ..."

„Du klingst ja richtig melodramatisch."

„Das ist genau das richtige Wort! Es war wie im Film! So etwas erwartet man einfach nicht, wenn man in einer kleinen, stillen Pension ... Also jedenfalls, er stand da, und Miss Anning war drüben beim Schreibtisch, und ich schwöre dir, ich hätte sie beinahe nicht erkannt! Sie war kreidebleich, ihre Augen blitzten wild, und gerade als ich reinkam, sagte sie: ‚Dafür könnte ich dich umbringen!' Und es schien ihr ernst damit!"

Miss Silver legte ihr Strickzeug weg, ein niedliches Strampelhöschen für den jüngsten Nachwuchs von Ethels Bruder. Sie lächelte gütig und sagte: „Wenn man zornig ist, sagt man leicht Dinge, die man nicht so meint. Und Miss Anning hat

ein heißes Temperament."
„Den Eindruck hatte ich aber bestimmt nie!"
„Sie hält es sehr gut unter Kontrolle. Aber wir sollten nicht darüber klatschen. Gutaussehende junge Männer sind oft für eine ganze Menge Unglück verantwortlich. Miss Anning muß einmal sehr hübsch gewesen sein."
„Meinst du?" sagte Ethel Burkett zweifelnd.
Miss Silver nickte bedächtig. „Diese nette Mrs. Field, die in Cliff Edge wohnt, hat mir von ihr erzählt. Ich habe ihr am Strand unten ein paarmal mit ihrem Strickzeug geholfen. Es bereitet ihr ziemliche Schwierigkeiten, die Maschen auf der Nadel zu behalten, und darum ..."
Ethel war an Mrs. Fields mangelhaften Strickkünsten nicht interessiert. Sie sagte: „Und ihr habt über Miss Anning gesprochen?"
„Ja. Mrs. Fields Mann war ein berühmter Künstler. Er ist vor etlichen Jahren gestorben. Die beiden pflegten sich jeden Sommer ein Haus an der Küste zu mieten. Sie kannten die Annings ziemlich gut. Und Mrs. Field sagt, Darsie Anning habe sich in wenigen Jahren enorm verändert. Weißt du, manchmal entwickeln sich gerade die hübschesten Mädchen zu besonders strengen Frauen. Ich habe es schon erlebt."
„Vielleicht erwarten sie zuviel und sind dann verbittert, wenn es nicht eintrifft", sagte Ethel Burkett nachdenklich.

6

Später am Abend nahm Miss Silver ihr Strickzeug, um Mrs. Anning den täglichen Besuch abzustatten. Mrs. Anning hielt sich fast nur noch in ihrem Zimmer auf. Wie gewöhnlich war sie mit der Stickarbeit beschäftigt, die sie vor Jahren, ehe sie krank geworden war, begonnen hatte. Geduldig führte sie die Nadel mit der hellblauen Stickseide durch den Stoff, und da das Ende nicht geknotet war, rutschte es immer wieder durch. Es machte sie für Stunden glücklich. Solange ihr gewohnter Tagesrhythmus nicht gestört wurde, war die Kranke ruhig und heiter. Aber jede unvorhergesehene Änderung des Ablaufs konnte ihren Zustand rapide verschlechtern.

Miss Silver merkte sofort, daß etwas nicht in Ordnung war. Mrs. Annings Hand zitterte, in ihrem Gesicht zuckte es, ihre Augen wanderten unruhig umher.

„Darsie ist nicht gekommen", sagte sie klagend. „Sie hat ein fremdes Mädchen mit dem Essen heraufgeschickt. Niemand sagt mir etwas, aber ich weiß, daß er hier ist.

„Jemand, den Sie sehen möchten?" fragte Miss Silver vorsichtig, während sie zu stricken begann.

Mrs. Anning murmelte ein paar unverständliche Worte. Dann sagte sie: „Wir sprechen nicht über ihn. Darsie könnte so hübsch und so fröhlich sein – aber wir sprechen nicht darüber."

„Da haben Sie recht", sagte Miss Silver sanft. „Unglückliche Erinnerungen soll man ruhen lassen. Es gibt so viele schöne Dinge, über die man sich noch freuen kann."

Mrs. Anning schaute sie hilfesuchend an. „Ich hatte ihn so gern. Alle hatten ihn gern. Und Darsie war so hübsch und so fröhlich..."

Etwa um die gleiche Zeit trat Alan Field auf die Terrasse von Cliff Edge hinaus und sagte über die Schulter zurück: „Hier ist es nicht so stickig wie drinnen. Warum kommt ihr nicht raus?"

Er holte tief Luft. Dieses Abendessen war der reinste Alptraum gewesen. Esther hatte offenbar geweint. Man konnte es an ihren geröteten, geschwollenen Augen sehen. Colonel Trevor hatte ihn pausenlos mit finsteren Blicken bedacht, und Lady Castletons eiskalte Verachtung war ihm auf die Nerven gegangen. Er hatte sie nie besonders leiden können. Nun, sie würde ihn bald nicht mehr so herablassend behandeln! Und was Carmona betraf, so hatte sie nichts Besseres gewußt, als leidlich gut auszusehen und schweigend auf ihrem Teller herumzustochern. Ohne Pippas und Maisie Trevors gelegentliches Geschnatter hätte man sie für eine Versammlung von Geistern halten können.

Da niemand seiner Aufforderung nachkam, wiederholte er sie. Tom Trevor griff demonstrativ zur *Times* und begann schweigend zu lesen. Zur allgemeinen Überraschung erhob sich ausgerechnet Lady Castleton. Erhobenen Hauptes schritt sie zur Terrassentür.

Esther Field sagte kläglich unsicher: „Willst du nicht einen Schal nehmen, Adela? Du könntest dich erkälten."

Lady Castleton lächelte ihr freundlich zu und ging hinaus. In ein oder zwei Stunden würde es empfindlich kühl werden, aber jetzt tat die frische Brise wohl.

„Du hast recht", sagte sie zu Alan. „Die Luft ist herrlich. Gehen wir zum Strand runter?"

Sie betrat die Stufen, die von der Terrasse zum Garten hinunterführten. Alan folgte ihr überrascht. Weshalb wollte sie ihn sprechen? Nun, es gab viele Frauen, die gern mit ihm sprachen. Die Nacht war schön. Aber Lady Castleton ...? Ihre Initiative verwirrte ihn.

Als sie den Garten schon zur Hälfte durchquert hatten, sagte sie: „Du hast Esther sehr aufgeregt. Bist du eigens deswegen zurückgekommen?"

Er zündete sich eine Zigarette an. „Du kennst sie doch. Natürlich kann jeder sehen, daß sie geweint hat. Aber bei ihr sitzen die Tränen seit jeher locker. Wir haben über meinen Vater gesprochen, das ist alles."

„Ich weiß. Und ich weiß auch, was du ihr gesagt hast."

„So? Hat sie es dir erzählt?"

„Ja. Ich bin vor dem Dinner in ihrem Zimmer gewesen. Sie hat bitterlich geweint."

„Wegen Vaters Briefen? Der alte Knabe hatte eben mehrere Seiten. Esther kannte nur eine davon. Er mochte sie wirklich sehr, aber natürlich war sie nicht die einzige Frau in seinem Leben."

„Vermutlich nicht. Hast du die Absicht, das zu verbreiten?"

Er zuckte die Schulter. „Ich weiß nicht, was Esther dir erzählt hat. Aber es ist nun einmal so, daß Penderel-Field-Bilder im Augenblick sehr gefragt sind. Bedauerlicherweise besitzen wir selber keine mehr – nur noch ein paar Zeichnungen und das Porträt von Esther, soviel ich weiß. Und ich denke, das wird sie nicht herausrücken."

„Weshalb sollte sie auch?"

„Ich mute es ihr ja gar nicht zu. Aber jetzt soll diese Biographie erscheinen. Und es ist nur fair, wenn ich meinen Anteil am Profit bekomme. Immerhin befinden sich die Papiere, die für das Buch von unschätzbarem Wert sind, in meinem Besitz. Es sind Briefe drunter, die jede Biographie zum Bestseller machen würden. Esther wußte nichts davon, und jetzt regt sie sich schrecklich darüber auf. Aber schau, ohne die privaten Elemente wäre ein solches Buch doch kalter Kaffee. Niemand würde es lesen. Zeigt man aber, wie ein berühmter Mann wirklich war, verkauft es sich wie warme Brötchen."

„Das willst du Esther tatsächlich antun?"

„Was heißt wollen? Ich muß! Es geht um meine Zukunft. Glaub mir, ich hab Esther sehr gern und möchte sie nicht verletzen. Aber ich bin in einer schwierigen Lage. Ich muß eine bestimmte Summe aufbringen, um mich an einer lukrativen Ranch in Südamerika beteiligen zu können. Gelingt mir das nicht, muß sich mein Freund einen anderen Partner suchen, der den fehlenden Anteil zuschießt. Wenn Esther mir aus dieser Klemme hilft, verzichte ich liebend gern auf die Veröffentlichungen."

„Das ist Erpressung", stellte Adela Castleton sachlich fest.

Alan zog an seiner Zigarette. „Du solltest keine so drastischen Worte benutzen – besonders du nicht."

„Was soll das heißen?"

„Rate mal", sagte er im charmantesten Ton. Und als sie nicht antwortete, erklärte er: „Der Briefwechsel, von dem ich spreche, hat zwischen meinem Vater und einem jungen, schwärmerischen Mädchen stattgefunden. Er kannte die Kleine seit ihrer Kindheit. Sie begann damit. Sie verehrte ihn. Zuerst antwortete er in einer väterlichen, geduldigen Weise. Später wurden die Briefe dann wärmer, inniger. Bald schrieben sich die beiden jeden Tag, und es dauerte nicht mehr lange, dann war das schönste intime Verhältnis im Gang."

„Du kannst so etwas doch nicht im Ernst breittreten wollen?"

„Ungern, gewiß. Aber ich werde wohl müssen. Du fragst übrigens gar nicht, wer das Mädchen war?"

Adela fröstelte plötzlich, und es war nicht nur die salzige, feuchte Meeresluft, die ihr dieses Gefühl vermittelte.

„Es interessiert mich nicht", sagte sie.

Er lachte leise. „Mag sein. Aber ich werde es dir trotzdem sagen. Die Briefe waren mit ‚Irene' unterschrieben."

Adela Castleton drehte sich abrupt um und ließ Alan ohne ein weiteres Wort stehen.

7

Er hatte es nicht eilig, ihr zu folgen. Sie hatte reichlich Stoff zum Nachdenken. Vermutlich würde sie alle möglichen Hebel in Bewegung setzen, um zu verhindern, daß die Briefe ihrer geliebten kleinen Schwester an die Öffentlichkeit gelangten. Es gab viele Leute, die sich an Irenes auffallende Schönheit erinnerten – und an ihren tragischen Tod. Diese

Leute waren Adelas Freunde und in gewisser Weise auch ihre Feinde. Sie hatte eine Art, mit der man sich Feinde schafft. Irene, die zu weit hinausgeschwommen war und einen Krampf bekommen hatte – diese Story würde eine brisante Korrektur erfahren durch jenen letzten Brief...

‚Es kann nicht so weitergehen. Ich werde ein Ende machen. Ich kann nicht immerzu weiterleben, ohne dich...‘ Das mußte sie an ihrem Todestag geschrieben haben. Welch ein Jammer! Sie war bildschön gewesen und wesentlich weicher und femininer als Adela. Kein Wunder, daß Penderel Field ihrem Reiz erlegen war. Es mußte ein grausamer Schock für den alten Knaben gewesen sein. Erstaunlich, daß weder Adela noch Esther etwas von der Affäre gemerkt hatten. Esther lebte mit Penderel, Irene mit ihrer älteren Schwester. Und alle vier trafen ständig zusammen. Sie mußten mit Blindheit geschlagen gewesen sein.

Alan hatte sich gerade eine neue Zigarette angesteckt, als jemand seinen Namen rief. Pippa kam über die Terrassenstufen herunter. Trotz der Dunkelheit nahm er ihre attraktive Figur in dem hellgrünen, raffiniert geschnittenen Kleid wahr. Während sie näherkam, taxierte er im stillen den Wert der doppelreihigen Perlenkette, die sie um den Hals geschlungen hatte. Vermutlich waren die Perlen echt. Er glaubte sich an eine Erzählung zu erinnern, wonach der Schmuck aus Bill Mayburys mütterlichem Erbteil stammte.

Pippa lachte ihm herzlich entgegen. „Komm, wir machen einen langen, langen Spaziergang über die Klippen. Sonst werde ich verrückt! Ich weiß nicht, was mit denen allen los ist. Colonel Trevor starrt böse in die *Times.* Tante Esther sitzt mit ihren verweinten Augen herum, Carmona gibt keinen Pieps von sich, und Lady Castleton hat sich mit Kopfschmerzen zurückgezogen. Den ganzen Abend Maisie Trevors uralte Klatschgeschichten, das halte ich nicht aus!"

Alan grinste. „Glaubst du, ich bin ein besserer Unterhalter?"

„Na klar! Erzähl mir etwas Aufregendes! Was hast du die letzten drei Jahre alles getrieben?"

„Ach, eine ganze Menge. Drei Jahre sind eine lange Zeit."

Er hielt ihr die Gartentür auf, die zum Klippenpfad führte. Die Flut war nun voll im Gang, der Wind hatte stark aufgefrischt. Alan warf den Rest seiner Zigarette weg und sagte: „Was würde dein Bill wohl sagen, wenn er von deinem netten kleinen Ausflug nach Trenton wüßte – vor mehr als drei Jahren. Erinnerst du dich?"

Sie lachte, aber es klang ein wenig schrill. „Wovon, verdammt, redest du?"

„Von dir und Cyril Maynard."

Pippa lachte wieder etwas gekünstelt. „Ich habe keinen blassen Schimmer, was du meinst."

„Ich meine, dein armer alter Bill ist rührend um dich besorgt. Stimmt's? Und ich meine, unter diesen Umständen wird ihn dein flottes Wochenende mit Cyril Maynard selbst nach drei Jahren noch interessieren."

Pippa war so rasch gegangen, daß er Mühe hatte, mit ihr Schritt zu halten. Nun blieb sie plötzlich stehen, stampfte mit dem Fuß auf und schrie: „Ich mag deine dämlichen Witze nicht!"

Er lachte. „Aber, aber! Ich war noch nie so wenig witzig wie in diesem Augenblick. Ich habe zufällig deine Ankunft in Trenton miterlebt. Und gegen Mitternacht habe ich beobachtet, wie du in Maynards Zimmer verschwunden bist. Klug, wie ich bin, habe ich mir das Hotelregister vorgenommen. Und was glaubst du, habe ich entdeckt?"

Es war noch hell genug, daß er erkennen konnte, wie sich Pippas Finger in den lindgrünen Stoff ihres Kleides krallten. Lachend sagte er: „Ihr wart als Mr. und Mrs. Cyril Smith abgestiegen. Ein Mr. Maynard war nicht eingetragen, auch keine Mrs. Maybury. Übrigens kenne ich Cyril seit meiner Schulzeit. Erzähl mir also nicht, ich hätte mich geirrt. Ich kenne auch seine Handschrift. Sie ist so markant, daß dein guter alter Bill keine Mühe hätte, alles nachzuprüfen. Ich müßte ihm nur die heiße Spur weisen."

„Er würde dir nicht ein Wort glauben!"

„Da magst du recht haben. Aber er würde der Sache nachgehen, um mich als Lügner zu entlarven. Peinlich, wie?"

Es entstand eine lange Pause. Dann sagte Pippa leise: „Was willst du?"

Er lachte. „Sensibles Kindchen! Merkt gleich, worum es geht! Keine Angst, ich habe nicht die Absicht, deine Ehe in Unordnung zu bringen. Aber ich muß schließlich leben."

„Erpressung?"

„Häßliche Bezeichnung, pfui!" Alan seufzte. „Wir wollen kein Drama daraus machen. Dramen sind so entsetzlich altmodisch. Laß uns die Sache auf eine zivilisierte Weise aus der Welt schaffen – zum beiderseitigen Nutzen."

Sie fuhr herum und zischte wütend: „Es ist schwer zu verstehen, daß dich noch niemand umgebracht hat!"

„Aber liebste Pippa – warum denn so stürmisch? Schau, da kommt jemand."

Zwei junge Leute spazierten Arm in Arm den Pfad entlang

– Myrtle Page, die in einem Schönheitssalon arbeitete, und Norman Evans, der bei einem Juwelier angestellt war.

Als sie außer Hörweite waren, sagte Myrtle: „Hast du das gehört?"

„Natürlich", erwiderte Norman. „Aber willst du mich nicht lieber küssen, statt darüber nachzudenken?"

Im gleichen Augenblick sagte Alan lachend zu Pippa: „So geht's, wenn du dein Temperament nicht zügelst! Die beiden haben dich genau verstanden."

„Na und?"

Wieder lachte er. „Die Idee, mich über die Klippe zu stoßen, mußt du jetzt fallenlassen. Die zwei könnten sonst bezeugen, was du zu mir gesagt hast. Sie haben auch gehört, daß ich dich Pippa nannte. Es ist also wesentlich bekömmlicher für dich, mit mir zu verhandeln, als deinen bezaubernden Kopf in die Schlinge zu legen."

Sie begannen langsam zum Haus zurückzugehen. Der Wind blies nun ziemlich heftig, und Pippa war fast dankbar dafür. So mußte sie wenigstens nichts sagen.

Alan spürte ebenfalls kein Verlangen zu reden. Er hatte alles gesagt, was zu sagen war. Frauen wurden höchstens starrköpfig, wenn man zu lange argumentierte. Pippa würde eine schlaflose Nacht haben und dann zu dem einzig richtigen Entschluß kommen.

Am Gartentor blieb sie stehen und sagte, ohne sich zu ihm umzudrehen: „Was verlangst du also?"

8

Carmona betrat ihr Zimmer mit einem unbeschreiblichen Gefühl der Erleichterung. Dunkle Wolken der Vergangenheit hatten sich über ihrem Haupt zusammengezogen, und jeden Augenblick hatte sie eine vernichtende Explosion erwartet. Aber nichts war geschehen. Und nun war der Abend vorüber.

Sie war erstaunt über sich selbst. Weshalb hatte sie Alans Anwesenheit eigentlich als Bedrohung empfunden? Gewiß, da war diese böse, häßliche, drei Jahre alte Erinnerung. Doch sie hatte damit rechnen müssen, Alan irgendwann einmal wiederzusehen. Einer solchen Begegnung lebenslänglich auszuweichen, hieß, ihr viel zu viel Bedeutung beizumessen. Weshalb also hatte sie sich so stark unter Druck gefühlt?

Überrascht stellte sie fest, daß sich das unbestimmte Gefühl einer Gefahr nicht auf sie persönlich bezog. Die bedrückende Atmosphäre hatte auf allen gelastet. Auf den anderen vielleicht mehr als auf ihr selbst.

Esther zum Beispiel machte einen regelrecht verzweifelten Eindruck. Zwar war sie immer leicht erregbar, aber diesmal schien das Unglück tiefer zu sitzen. Es konnte nicht allein davon herrühren, daß Alan sie, wie hundertmal vorher, um Geld angegangen hatte.

Und Adela – was, um alles in der Welt, war in sie gefahren? Ein kurzes Gespräch mit Alan im Garten, und hinterher hatte sie sich wie ein seelenloser Automat benommen. Mit steifen Bewegungen hatte sie sich am Tisch niedergelassen, den Blick starr auf ihre Patience-Karten gerichtet, und dann hatte sie sich mit Kopfschmerzen zurückgezogen.

Kurz darauf war Pippa hereingekommen, um mit der vagen Bemerkung, sie sei hundemüde, sofort auf ihr Zimmer zu gehen.

Sogar Alan hatte es eilig gehabt, sich zu verabschieden. „Es ist wirklich traumhaft schön auf den Klippen draußen. Du hättest mitkommen sollen, Carmona. Aber nun muß ich mich auf die Socken machen. Darsie sperrt das Haus sehr früh ab, und ich habe vergessen, sie um einen Schlüssel zu bitten. Sie tut übrigens, als sei es eine wahre Gnade, daß ich bei ihr wohnen kann. Sie hat das Haus voll alter Damen, die anscheinend nichts von Männern halten, ganz allgemein. Also, bis morgen dann, wenn's recht ist . . ." Und er hatte ihr mit seinem allzu bekannten Charme zugelächelt.

Carmona zog ihr Kleid aus und hängte es in den riesigen, düsteren Schrank, der fast die ganze Wand einnahm. Plötzlich kam ihr zum Bewußtsein, wie trostlos der ganze Raum war, mit seinen ausgebleichten Tapeten, dem schäbigen Teppich und den ehemals grünen Vorhängen, die in der salzigen Luft grau geworden waren. In diesem Zimmer hatte Oktavius Hardwick gewohnt. Vielleicht war er sogar hier drinnen gestorben? Ein leichter Schauder überlief Carmona.

Während sie in ihr Nachthemd schlüpfte, klopfte es leise an die Tür. Ehe sie reagieren konnte, kam Pippa herein. Sie trug einen zitronengelben Pyjama. Nachdem sie die Tür hinter sich geschlossen hatte, sagte sie unvermittelt: „Wenn Alan je ermordet werden sollte, dann ist es einzig und allein seine eigene Schuld. Ich möchte, daß du das weißt."

Dann setzte sie sich auf das scheußliche viktorianische Bett und brach in Tränen aus.

„Pippa!" Carmona war überrascht und ratlos.

„Für Erpressung kann man ins Gefängnis kommen, nicht wahr?"

„Selbstverständlich."

„Und was hilft das? Sie wissen genau, daß man nicht zum Gericht rennt und erzählt, wie es dazu kommen konnte!" Pippa verzog das Gesicht wie ein gescholtenes Kind.

„Wie es *wozu* kommen konnte?"

Zornige Tränen standen in Pippas blauen Augen. „Ich muß mit dir darüber reden! Es reißt mich in Stücke! Puff... Nichts als eine Qualmwolke wird von mir übrig bleiben – den Rest holt sich der Teufel..."

„Pippa!" Carmona hatte sich neben sie gesetzt.

„Es ist Alan, dieses Schwein! Er... er..."

„Er erpreßt dich." Carmona stellte es fest, ohne sich darüber zu wundern. Irgendwie paßte es zu Alan.

Pippas Stimme sank zu einem Flüstern herab. „Wenn Bill davon wüßte, würde er ihn erschlagen! Aber wenn Bill davon wüßte, würde auch ich... es würde mich umbringen! Ich kann also nichts dagegen tun – und Alan weiß das."

Carmona legte beruhigend den Arm um sie. „Willst du es mir erzählen? Überlege gut. Ich möchte nicht, daß es dir hinterher leid tut."

Pippa schüttelte den Kopf. „Es wird mir nicht leid tun. Ich habe dir schon so viel erzählt, weißt du noch? Bei dir fühle ich mich sicher." Sie schaute Carmona hilfesuchend an. „Deshalb habe ich Bill geheiratet – bei ihm fühle ich mich auch sicher. Leider sind solche Menschen nicht sehr unterhaltsam. Und manchmal zieht man eben los, um sich anderswo zu amüsieren. Aber tief drinnen spürt man genau, wohin man gehört."

„Ich weiß. Und irgendwann bist du einen Schritt zu weit gegangen. Ist es das, was Alan gegen dich in der Hand hat?"

Pippa nickte. „So ungefähr. Die Sache liegt mehr als drei Jahre zurück. Ich hatte eine Meinungsverschiedenheit mit Bill gehabt. Ich war wütend, und als Bill wegen seiner langweiligen Geschäfte wegmußte, kam ich auf die Idee, mit Cyril Maynard übers Wochenende nach Trenton zu fahren. Wir aßen in einem hübschen Restaurant und gingen anschließend tanzen. Irgendwann gegen Mitternacht landeten wir dann im Hotel. Wir nahmen zwei nebeneinanderliegende Zimmer und trugen uns als Mr. und Mrs. Smith ein. Ich habe keine Ahnung, was Alan dort machte. Wir bemerkten ihn überhaupt nicht. Aber er beobachtete unsere Ankunft und schaute im Hotelregister nach. Später sah er mich dann in Cyrils Zimmer gehen."

„Oh, Pippa!" sagte Carmona mit leisem Vorwurf in der Stimme.

Doch Pippa schüttelte heftig den Kopf. „Es ist nicht, wie du denkst! Ich wußte im selben Augenblick, als ich sein Zimmer betrat, daß ich es niemals fertigbringen würde. Und die Art, wie er mich anschaute, gab mir den Rest. Wenn er mich angefaßt hätte, hätte ich ihm die Augen ausgekratzt. Ich sagte es ihm. Er hielt es zuerst für ein Spiel, dann wurde er sauer. Er wollte mich daran hindern, das Zimmer zu verlassen. Ich drohte, das ganze Hotel zusammenzuschreien. Danach schloß ich mich in meinem eigenen Zimmer ein, und am nächsten Morgen, in aller Herrgottsfrühe, nahm ich ein Taxi zum Bahnhof."

Carmona atmete erleichtert auf. „Warum erzählst du es Bill nicht? Er wird dir glauben."

„Das wird er wahrscheinlich", sagte Pippa leise. „Aber ich kann einfach nicht! Es würde ihn schrecklich kränken... Er würde mich von da an mit anderen Augen sehen. Weißt du, er tanzt zum Beispiel nicht, und ich bin verrückt danach. Bill läßt mich gewähren und freut sich, wenn ich meinen Spaß habe. Er vertraut mir vollkommen. Es wäre eine riesige Enttäuschung für ihn..."

„Trotzdem – du solltest mit ihm reden."

„Niemals!" stieß Pippa heftig hervor. „Niemals! Vielleicht bin ich nie ein besonders wertvoller Mensch gewesen. Aber Bill hält große Stücke auf mich. Ich weiß, es klingt furchtbar dumm – aber ich fühle mich so, wie Bill mich sieht. Wenn er mir nicht mehr trauen könnte... Nun, ich würde platzen wie ein bunter Luftballon – ich wäre ein Nichts."

Carmona mußte unwillkürlich lächeln. Doch dann fragte sie ernst: „Was verlangt Alan von dir?"

Pippa verzog das Gesicht. „Meine Perlen. Er weiß, daß ich über keine größeren Geldsummen verfügen kann, ohne daß Bill davon erfährt. Aber die Perlen sind eine Menge wert. Alan will eine gute Imitation anfertigen lassen... ach, zur Hölle mit ihm!"

In bitterer Erkenntnis sagte Carmona: „Geld ist Alan schon immer zwischen den Fingern zerronnen. Sobald er den Erlös für die Perlen verbraucht hat, kommt er wieder und verlangt mehr."

„Aber mehr habe ich doch nicht", wandte Pippa naiv ein.

„Das wird ihn wohl kaum interessieren. Es wird ihm egal sein, wo du es auftreibst – von Bill oder sonstwie. Man sagt, Erpresser lassen ihre Opfer nie mehr aus den Klauen. Mein Gott, Pippa, sei doch vernünftig! Du mußt mit Bill sprechen, du hast gar keine andere Wahl."

Pippa sprang erregt hoch. „Niemals! Eher bringe ich mich um – oder ihn!"

9

Etwas früher an diesem Abend saß Chefinspektor Lamb an seinem Schreibtisch. Inspektor Frank Abbott – groß, schlank, blond und wie immer makellos gekleidet – trat ein und sagte: „Sie wollten mich sprechen, Sir?"

„Hätte ich Sie sonst rufen lassen?" Lamb machte wieder einmal einen seiner ergebnislosen Versuche, streng und furchterregend zu wirken. Dabei hätte er nicht einmal ein Kind täuschen können. Er war trotz seiner Karriere der nette, freundliche Landpolizist geblieben, der er einmal gewesen war. „Setzen Sie sich. Ich möchte mit Ihnen über diesen Cardozo sprechen."

„Cardozo?"

„Sie kennen ihn nicht. Sie hatten gerade mit dem Notting-Hill-Fall zu tun, als er hier war. Tischte uns eine Schauergeschichte über seinen verschwundenen Bruder auf – Philipp Cardozo. Schrieb es mit ‚F' und sprach es ganz anders aus. Spanisch oder so."

„Felipe?"

„Richtig. Seltsame Art, ‚Philipp' zu sagen. Seinen eigenen Namen buchstabierte er J-O-S-E. Nannte sich aber ‚Hose' und bestand darauf. Interessierte ihn nicht sehr, wie ich darüber dachte. Kam also vor gut einer Woche hier hereinspaziert und meldete seinen Bruder als vermißt. Soll entweder mit der ‚Marina Star' aus Rio gekommen sein. Oder mit einem anderen Schiff. Oder mit dem Flugzeug über Lissabon. Jedenfalls ist er nicht bei Hose angekommen. Hose denkt, es sei ihm etwas zugestoßen. Eigenartiger kleiner Bursche. Fuchtelte ständig mit den Händen. Und die Hälfte von dem Zeug, das er redete, hab ich nicht verstanden."

Frank Abbott lächelte im stillen und bedauerte, daß er das Gespräch nicht miterlebt hatte.

Lamb haute mit seiner kräftigen, bäuerlichen Hand auf den Schreibtisch. „Um es kurz zu machen: kein Anhaltspunkt dafür, daß dieser Felipe nach England eingereist ist. Hose sagt, er hätte einen wichtigen Grund gehabt, hierherzukommen – egal wie. Wenn er geflogen ist, dann jedenfalls nicht unter seinem eigenen Namen. Haben wir nachgeprüft. Und wenn er sich unter falschem Namen in unserem Land rumtreibt, hat er genügend Gründe, sich still zu verhalten. Hatte vielleicht keine Lust, die Verwandtschaft zu treffen. Hose wollte Felipe sehen. Felipe wollte Hose nicht sehen. Liegt doch nahe, oder?" Er gähnte herzhaft. „Das ist jetzt eine gute Woche her. Hab ihm auseinandergesetzt, wieviel Leute jedes Jahr verschwinden und daß drei Viertel von ihnen wieder auftauchen."

Frank Abbott zog eine Augenbraue hoch. „Mir ist noch nicht klar, warum Sie ihn überhaupt empfangen haben."

Lamb riß eine Schublade auf und suchte etwas, das er nicht

fand. Er stieß die Schublade lautstark wieder zu und sagte: „Kam mit einem Empfehlungsschreiben. Sie kennen das. Ein Mister Dingsda in England will einem Mister Dingsda in Südamerika einen Gefallen tun. Bittet ihn, einem anderen Mister Dingsda einen Gefallen zu tun. Oder so ähnlich. Hose kommt also mit einem Empfehlungsschreiben, und ich sage ihm, er braucht sich keine Sorgen zu machen. Sein Bruder wird schon wieder auftauchen."

„Ist das alles, Sir?"

„Wenn das alles wäre, hätte ich nicht mit Ihnen reden wollen. Hose war noch ein zweites Mal hier. Hat seinen Bruder nun gefunden. Wurde aus dem Fluß gefischt."

„Tot?"

Lamb nickte. „Schon eine ganze Weile. Felipes Beschreibung paßte auf ihn. Ich schickte nach Hose, um ihn zu identifizieren. Hose schwört, daß Felipe ermordet wurde. Hat einen Schlag auf den Kopf erhalten, sagt der Leichenbeschauer. Es kann natürlich ein Unfall gewesen sein. Oder auch nicht. Sehen Sie sich die Sache mal an."

10

Als Alan Field an diesem Abend in seiner Pension eintraf, kam Darsie Anning gerade aus ihrem kleinen Büro. Lächelnd sagte er: „Pünktlich auf die Minute, wie findest du das?"

Darsie verzog keine Miene. „Gute Nacht."

„Bist du zu deinen lieben Gästen immer so unfreundlich?"

„Du bist lediglich hier, weil . . .“

Er unterbrach sie lachend: „Weil Esther und die anderen reizenden Zeitgenossen in Cliff Edge sich sonst wundern würden.“

„Richtig. Gute Nacht.“

„Sie ging entschlossen an ihm vorbei, schloß die Haustür ab und stieg die breite Treppe hinauf, ohne sich noch einmal umzusehen. Es amüsierte ihn, daß sie sich genötigt gefühlt hatte, ihn aufzunehmen. Und sie würde jede Minute seines Aufenthalts verwünschen – wie dumm doch die Frauen waren!

Alan schlief vorzüglich und erwachte mit einem wahren Hochgefühl. Esther würde zahlen, und letzten Endes würde auch Adela nichts anderes übrigbleiben. Der Handel mit Pippa besaß noch einen zusätzlichen Reiz. Sie hatte ihn einmal abblitzen lassen, und er präsentierte ihr nun die Rechnung dafür.

Kurz nach zehn Uhr traf er in Cliff Edge ein und fand Esther im Morgenzimmer vor. Diesmal saß sie an einem kleinen Schreibtisch, der aus demselben Holz war wie die Kaminverkleidung. Er küßte sie überschwenglich auf die Wange. Sie ließ es sich stumm gefallen. Ihre Augenlider waren rot und geschwollen.

„Du hast geweint, altes Mädchen?“

„Ja . . .“

„Ich fürchte, es war meine Schuld. Aber du mußt dir keine Sorgen machen. Wir werden schon eine Lösung finden.“

Er zog einen Stuhl heran und setzte sich, während Esther ihn mit einer Mischung aus Hoffnung und Zweifel beobachtete.

„Du wirst die Briefe nicht veröffentlichen?"

„Ich wäre mehr als dankbar, wenn sich eine andere Möglichkeit ergäbe. Ich möchte dir doch nicht weh tun!"

Er merkte, daß ihr schon wieder die Tränen kamen. Deshalb fuhr er rasch fort: „Also, hör zu. Ich habe dir gestern nicht alles gesagt. Die Sache ist sehr heikel, verstehst du? Aber trotzdem war es natürlich nicht recht von mir, dich im Ungewissen zu lassen. Du mußt einen total falschen Eindruck gewonnen haben."

Esther schaute ihn aus ihren verschwollenen Augen fragend an. Ihre Aufmerksamkeit war ihm jedenfalls sicher. Jetzt mußte er nur noch ihr Vertrauen gewinnen. Er beeilte sich fortzufahren.

„Die Geschichte, die ich dir von Cardozo und der Ranch erzählt habe..."

„Sie ist nicht wahr?"

Er lachte. „Zum Teil schon. Wir wollen tatsächlich ein Anwesen kaufen. Aber Cardozo kriegt das Geld nicht zusammen. Was ich dir jetzt sage, mußt du unter allen Umständen für dich behalten, verstehst du? Du wirst gleich merken, warum. Also, irgendwann vor Jahrzehnten ist ein Vorfahre von Cardozo, ein Großonkel oder so was, an einen ungeheueren Schatz geraten – frag mich nicht, wie. Über diesen Punkt schweigt sich Felipe beharrlich aus. Im siebzehnten und achtzehnten Jahrhundert waren entlang der spanischen Küste und auf den Inseln unglaubliche Werte vergraben worden. Ich vermute, der alte Cardozo hatte ein solches Lager entdeckt. Selbstverständlich ließ er kein Sterbenswörtchen darüber verlauten. Er schaffte die ganzen Reichtümer nach Rio. Dort fand man ihn eine Woche später –

mit einem Messer im Rücken. Nach seinem Tod stellte sich rasch heraus, daß seine Geschäfte nicht besonders gut gegangen waren. Sein Haus wurde verkauft, um die Schulden zu decken. Es blieb kaum etwas übrig. Sein nächster Verwandter war ein minderjähriger Neffe. Als der volljährig wurde, übergab ihm der Familienanwalt einen versiegelten Umschlag, der wenige Tage vor dem Tod seines Onkels hinterlegt worden war. So erfuhr der junge Cardozo von dem Schatz und wo er versteckt war."

Esther Field erinnerte sich an mehrere Geschichten von vergrabenen Schätzen. Es waren abenteuerliche, wildromantische und spannende Stories, die selbstverständlich keine Beziehung zur Realität besaßen.

Alan merkte ihr an, was ihr durch den Kopf ging. Er lachte. „Du denkst, das klingt wie ein Märchen? Ist es aber nicht! Ich habe drei Jahre mit Felipe gearbeitet. Er ist ein knallharter Bursche, der mit beiden Beinen auf der Erde steht. Laß mich zu Ende erzählen. Der alte Cardozo hat also den Schatz nach Rio geschleust und ihn dort wieder vergraben, irgendwo in seinem Haus oder in seinem Garten. Das Haus war seit langem im Familienbesitz. Wenn er nicht so plötzlich umgelegt worden wäre, hätte er seine ganzen Schulden bezahlen und wie Gott in Frankreich leben können. So aber wurde das Haus verkauft, und als der Neffe von dem Schatz erfuhr, gab es keine Möglichkeit, das Haus zurückzuerwerben. Zweimal stand es inzwischen zum Verkauf, aber die Cardozos konnten nie das nötige Geld auftreiben. Eine absurde Situation! Ein enormes Vermögen wartete auf sie, aber sie brachten keine lumpigen paar Tausender zusammen! Und jetzt steht das Haus zum dritten Mal zum Verkauf. Felipe hat sofort seine Ranch verkauft und jeden Penny zusammengekratzt. Aber uns fehlen noch ungefähr fünftausend."

Esther sagte schwer atmend: „Selbst wenn du an diese Geschichte glaubst, wie willst du wissen, ob der Schatz noch dort ist?"

Alan lachte. „Wenn irgend jemand, der in dem Haus wohnte, plötzlich reich geworden wäre, hätten es die Cardozos gemerkt. Sie ließen in all den Jahren kein Auge vom Ort ihrer Hoffnungen. Und du wirst es nicht glauben: Das Haus, das immerhin ein stattliches Anwesen ist, wurde jedesmal aus dem gleichen Grund verkauft – weil nämlich die Besitzer den Unterhalt nicht mehr bestreiten konnten."

Esther schaute ihn unverwandt an. „Das klingt alles so ..."

„Phantastisch, ich weiß. Du denkst an alte Piratenfilme, in denen irgendein verrückter Abenteurer mit einer vermoderten Landkarte herumrennt und an geheimnisvollen Orten nach Schwarzbarts Beute buddelt. Aber das hier ist etwas anderes! Kein Seeräuber-Märchen, sondern Wirklichkeit! Du kennst mich, und ich kenne die Cardozos. Ich kann Felipe trauen. Du mußt nur das Geld herausrücken, und du kriegst es innerhalb eines Jahres mit Zinsen zurück."

Esther sog hart die Luft ein. „Ich bin kein Geldverleiher, Alan."

Er erkannte, daß er einen Fehler gemacht hatte. Rasch sagte er: „Natürlich nicht. Ich hätte das nicht sagen sollen. Denk einfach mal darüber nach. Ich gebe dir mein Wort, es ist alles in Ordnung, es ist überhaupt kein Risiko dabei. Du wirst dein Geld zurückbekommen – und du darfst die bewußten Briefe eigenhändig verbrennen ..."

In diesem Augenblick kam Carmona herein.

11

Rasch sagte Esther: „Wir wollten doch zum Strand runter, nicht wahr? Ich hole nur noch meinen Sonnenhut..."

Ihre Erleichterung entging Alan nicht. Als sich die Tür hinter ihr geschlossen hatte, schaute er aus dem Fenster und brach in Lachen aus. „Bei dem Nebel! Eine ungeschicktere Ausrede konnte ihr wahrhaftig nicht einfallen."

„Auf der Südseite lichtet sich der Dunst bereits", sagte Carmona. „In einer Stunde werden wir strahlendes Wetter haben. Das ist hier häufig so. Alan – du quälst Esther. Warum?"

Er lachte erneut. „Du bist noch genau wie früher, du nimmst alles viel zu ernst."

Carmona schüttelte unwillig den Kopf. „Es *ist* mir ernst. Ich will wissen, was hier vorgeht."

„Ich fürchte, von mir wirst du es nicht erfahren."

„Aber von Esther."

„Das bezweifle ich, meine Liebe."

„Ich nehme an, es ist die alte Geschichte – du willst Geld."

„Natürlich. Was sonst? Mach doch nicht ein so saueres Gesicht! Es ist das erste Mal, daß wir allein sind, seit unserer... na ja, du weißt schon. Und du redest mit mir über Geld. Das würde uns kein Mensch glauben!"

Diesmal klang sein Lachen anzüglich.

Carmona starrte ihn an. Er war ihr fremd, total fremd. Wie

konnte sie jemals daran gedacht haben, diesen Fremden zu heiraten? Er sah aus wie Alan, er sprach wie Alan. Aber er war nicht der Alan, mit dem sie aufgewachsen war. Es mußte immer in ihm gesteckt haben. Sie hatte es nur nicht erkannt, sie hatte sich von seinem äußeren Charme täuschen lassen. Sie hatte sich eingebildet, daß er sie liebte und sie brauchte. Er war nie zuverlässig und vertrauenswürdig gewesen, aber er besaß eine Liebenswürdigkeit, von der sie geglaubt hatte, sie könne nur von einem warmherzigen Menschen ausgehen. Sie hatte sich geirrt – er war zu keinem Gefühl fähig, und das war wohl schon immer so gewesen. Sie hatte es nur früher nicht wahrhaben wollen.

Auf einmal tat auch die alte Kränkung gar nicht mehr so weh. Vielleicht sollte sie dem Schicksal dankbar sein. Dennoch konnte sie nicht umhin, ihn zu fragen: „Warum hast du es getan?"

„Was denn?" In gespielter Verwunderung zog er eine Augenbraue hoch.

„Du weißt genau, was ich meine."

„Er hat es dir also nicht gesagt, he? Das ist köstlich!"

„Ich weiß nicht, wovon du sprichst."

„Solltest du aber, Darling, solltest du! Eine so romantische Situation trifft doch sicher genau deinen Geschmack. Aber vielleicht dachte er anders darüber? Nun, wir werden sehen, wer recht hat."

Ihr Herz begann wild zu klopfen. Er hatte die Absicht, sie zu kränken – sie sah es an seinen lachenden Augen. Es bereitete ihm Vergnügen.

„Ich weiß nicht, wovon du sprichst", wiederholte sie leise.

„Gleich wirst du es wissen, meine Süße. Du hast dich

ziemlich rasch mit ihm getröstet, wie? Ich hätte wirklich keine Gewissensbisse haben müssen, als ich das Geld nahm."

„Welches Geld?"

Er lachte. „Das ist ja das Köstliche an der Geschichte. Der große James Hardwick als erhabener Sultan! Er fand Gefallen an dir und bot mir fünftausend Pfund, damit ich aus seinem Jagdrevier verschwand."

Der düstere Raum schien sich plötzlich um sie zu drehen. „Du lügst..."

„Es ist die Wahrheit." Er machte eine verdrossene Kopfbewegung. „Ich war ziemlich abgebrannt damals. Dein Kapital war festgelegt, und für die paar Zinsen lohnte es sich fast nicht, dich zu heiraten. Aber etwas Besseres hatte ich gerade nicht in Aussicht. Da war Hardwicks Angebot natürlich ein echter Knüller: Fünftausend, bar auf die Hand! Er zahlte, und ich verduftete."

„Nein...", murmelte Carmona mit steifen Lippen. Sie wußte nicht, wie sie aus dem Zimmer kommen sollte, aber irgendwie schaffte sie es. Die Stufen unter ihren Füßen schienen nebelhaft ineinander überzugehen. Stimmen drangen undeutlich an ihr Ohr.

In ihrem Zimmer war Mrs. Beeston, die Haushälterin, zusammen mit einer Halbtagshilfe, dabei, das Bett zu überziehen... das Bett, in dem Oktavius Hardwick geschlafen hatte und das sie heute nacht mit James teilen würde... Im Augenblick gab es keine Möglichkeit, sich zurückzuziehen. Wozu auch? Um darüber nachzudenken, daß James sie gekauft hatte – gekauft wie ein Auto oder einen Anzug oder einen Schrank? Sie wünschte, sie hätte wütend sein können. Aber da war nichts als eine große Leere.

Sie ging hinein, öffnete die Kommode und nahm ihren Hut heraus. Der Morgendunst lichtete sich rasch, und es schien ein heißer Tag zu werden.

Mrs. Beeston war ein große, kräftige Frau mit gleichmäßigen, gütigen Gesichtszügen. „Mr. James kommt heute zurück, ja?" sagte sie zu Carmona.

„Ja."

„Wenn er rechtzeitig zum Dinner da ist, Ma'am, dann sollten wir Lachs kochen. Den ißt Mr. James doch so gern."

„Ja, den ißt er gern."

„Können Sie den Lachs gleich mitbringen, wenn Sie ins Dorf gehen? Es wird heiß heute, und je eher er im Kühlschrank ist, desto besser."

„Ja, Mrs. Beeston."

„Und etwas Salat vielleicht, ja?"

„Ist gut."

Sie setzte den Hut auf. Wie eine Schlafwandlerin ging sie die Treppe hinunter und verließ das Haus. Die Sonne schien, der Wind trieb die letzten Nebelfelder auseinander.

Mechanisch machte Carmona ihre Einkäufe. Mr. Bolding, der ihr den Fisch einpackte, war zum Plaudern aufgelegt. Er kannte sie, seit sie zwölf gewesen und mit den Fields in den Sommerferien hergekommen war. Sie antwortete einsilbig und geistesabwesend. Ohne zu wissen, was sie tat, brachte sie ihre Einkäufe nach Hause und ging dann zum Strand hinunter, um nach Esther zu sehen.

Es wurde ein langer, heißer Tag. Alan ließ sich nicht mehr blicken. Er hatte seinen Stachel gesetzt, jetzt mußte er nur noch auf die Wirkung warten. Je länger man Frauen im eigenen Saft schmoren ließ, desto fügsamer wurden sie. Genüßlich schwamm er zu den Klippen hinaus und sonnte sich dort, bis die Flut einsetzte. Dann schwamm er zurück, nahm einen exzellenten kleinen Imbiß ein und verbrachte die heißesten Stunden des Nachmittags auf seinem Zimmer.

Miss Silver hatte früh am Morgen ihre Nichte Ethel zum Zug gebracht und war später zu einem längeren Strandspaziergang aufgebrochen. Bei der Badehütte, die zu Cliff Edge gehörte, traf sie die nette Mrs. Field, die heute einen besonders ergebnislosen Kampf mit den Maschen des breiten roten Schals führte.

„Ich fürchte, ich werde nie Fortschritte machen", sagte sie etwas kläglich.

Miss Silver entging nicht, daß ihre Stimme zitterte und ihre Augenlider geschwollen waren. Freundlich nahm sie Esthers Strickzeug an sich, entdeckte ein halbes Dutzend gefallener Maschen und brachte den Schaden wieder in Ordnung. Sie strahlte soviel Ruhe und Zuversicht aus, daß Esther sich sofort besser zu fühlen begann. Bestimmt würde Alan die privaten Briefe seines Vaters nicht an die Öffentlichkeit zerren. Er war nur einfach ein ungebärdiger Junge geblieben, der nicht mit Geld umgehen konnte. Wenn er nur endlich erwachsen würde! Ob sie mit Miss Silver darüber sprechen sollte?

„Mein Stiefsohn Alan", begann sie etwas unsicher, „Sie haben ihn vielleicht schon gesehen. Er wohnt ebenfalls bei Darsie Anning ..."

„Ein großer, blonder und sehr gutaussehender junger Mann?"

Esther nickte. Dann erzählte sie Miss Silver einiges von

Alan und schloß mit den Worten: „Er möchte, daß ich ihm eine beträchtliche Summe leihe, für eine recht unsichere Sache, wie ich meine. Und nun ist er böse mit mir, weil ich mich weigere..."

An dieser Stelle kamen ihr die Tränen, und Miss Silver sagte bestürzt: „Aber meine liebe Mrs. Field!"

In diesem Augenblick kam Carmona auf die beiden zu, und Esther war froh darüber. Vielleicht hätte sie Miss Silver sonst weit mehr erzählt, als sie eigentlich wollte.

Carmona begrüßte Miss Silver, der sofort auffiel, daß sie unter den Nachwirkungen eines kleinen Schocks stand. Ihre Stimme war tonlos und ihr Blick starr.

„Hast du Pippa gesehen, Tante Esther?"

„Ich glaube, sie ist ausgegangen. Sie rief irgend etwas über den Felspfad herunter. Ich habe kein Wort verstanden. Wahrscheinlich hat sie diesen gräßlichen kleinen Wagen genommen. Ich kann nur hoffen, daß sie auf sich achtgibt. Sie wirkte so nervös und blaß heute morgen. Aber vielleicht hat sie auch nur ein anderes Make-up aufgelegt. Wer kennt heutzutage schon den Unterschied bei den jungen Leuten..."

Der letzte Satz war an Miss Silver gerichtet, die vage antwortete: „Das mag sein." Aber im stillen hatte sie ihre Zweifel an dieser Auslegung. Sie plauderte noch eine ganze Weile mit Esther über Make-up und Sportwagen, obwohl sie beide herzlich wenig davon verstanden. An Carmona plätscherte diese Unterhaltung wie ein fernes Radioprogramm vorbei. Sie legte sich in die Sonne und ließ die heißen Sandkörner immer wieder durch ihre Finger rinnen.

Miss Silver war sehr nachdenklich gestimmt, als sie sich auf den Heimweg machte. Dieser gutaussehende Mr. Field schien beträchtliche Unruhe zu verbreiten, nicht nur im Anning-Haus, sondern auch in Cliff Edge. Anscheinend gab es einen dunklen Berührungspunkt mit Darsie, früher, als sie noch unbeschwert und fröhlich gewesen war. Und diese reizende Mrs. Field hatte rotgeweinte Augen, ganz zu schweigen von Carmona Hardwick, deren Gedanken unentwegt um ein schmerzliches Problem zu kreisen schienen. Und da war noch die hübsche Pippa Maybury, die Mrs. Fields Besorgnis erregt hatte. Das alles mochte nichts mit Alan Field zu tun haben, aber Miss Silver glaubte nicht gern an eine solche Häufung von Zufällen.

Als sie die Treppe hinaufstieg, um sich zum Lunch frischzumachen, kam Darsie gerade aus dem Zimmer ihrer Mutter. Miss Silver vernahm die klagende Stimme der kranken Frau, und Darsie sagte über die Schulter zurück: „Wirklich, Mutter, ich muß jetzt in die Küche. Marie wird dir das Essen heraufbringen."

„Ich mag aber diese Ausländerinnen nicht, Darsie!" quengelte Mrs. Anning. „Ich habe es dir schon hundertmal gesagt! Wir hatten ein französisches Mädchen, als ich noch ein Kind war. Sie las unsere Briefe und schnüffelte überall herum. Du solltest Marie hinauswerfen und mich nicht soviel allein lassen..."

Darsie seufzte, und Miss Silver sagte verständnisvoll: „Ich weiß, Sie haben um diese Zeit besonders viel zu tun. Soll ich Ihrer Mutter ein wenig Gesellschaft leisten?"

Darsie nickte. „Das ist sehr nett von Ihnen. Mutter, hier kommt dich Miss Silver besuchen!"

Die Kranke schien ungewöhnlich erregt. Sie bat Miss

Silver, die Tür nur ja sorgfältig zu schließen. „Diese fremden Mädchen stehen immerzu draußen und lauschen. Alle Ausländerinnen spionieren – man kann ihnen nicht trauen. Man kann überhaupt niemand trauen, finden Sie nicht?“

„Ich wäre sehr traurig, wenn ich das annehmen müßte“, sagte Miss Silver ruhig.

„Traurig – das ist es, nicht wahr? Traurig. Ich war lange Zeit traurig. Mein Mann starb, Alan ging fort, und wir hatten kein Geld. Er konnte sie nicht heiraten, weil er selber kein Geld hatte. Junge Leute können nicht von der Luft leben, nicht wahr? Alan sagte das. Aber Darsie hat sich verändert. Meine hübsche, fröhliche Darsie!“ Ihre Stimme sank zu einem Flüstern herab. „Sie hat alle Bilder weggeschafft, aber eines habe ich unter meinem Stickgarn versteckt. Wollen Sie sehen?“

Das Foto war ein Schnappschuß von einem aparten, dunkelhaarigen Mädchen und einem blonden jungen Mann. Miss Silver konnte nur einen knappen Blick darauf werfen, denn Mrs. Anning riß ihr das Foto sofort wieder weg.

„Man kann so etwas nicht tun, ohne bestraft zu werden“, flüsterte sie erregt. „Auge um Auge, Zahn um Zahn, das steht schon in der Bibel. Vielleicht ist er deswegen zurückgekommen. Er will seine Strafe haben, nicht wahr? Ich wußte es sofort, als ich seine Stimme hörte. Darsie will mir einreden, ich hätte mich geirrt. Sie sollte mich nicht anlügen! Als ob ich Alans Stimme nicht kennen würde . . .“

Sie sagte immer wieder das gleiche, bis Marie, das französische Mädchen, mit dem Lunchtablett kam und es auf einem kleinen Tischchen abstellte. Sie schaute sich provozierend im Zimmer um und ließ beim Hinausgehen die Tür angelehnt.

Mrs. Anning atmete heftig und lamentierte laut: „Sie will nur hören, was ich über Alan Field sage! Soll sie doch! Jeder kann hören, was ich über ihn sage, denn es ist die Wahrheit! Er muß bestraft werden! Ich habe Ihnen doch gleich gesagt, daß sie an der Tür horcht..."

12

James Hardwick nahm am Bahnhof ein Taxi. Der englische Sommer zeigte sich von seiner besten Seite, und es sah sogar so aus, als würde das sonnige Wetter noch eine Weile anhalten. Morgen würde er mit Carmona hinausschwimmen zum *Point*, wie die Felsgruppe genannt wurde, die weit draußen aus dem Meer ragte.

Carmona! In weniger als zehn Minuten würde er sie wiedersehen. Auf diesen Augenblick freute er sich jedesmal, wenn er weg war – auf den Augenblick der Heimkehr zu Carmona. Es war jedesmal das gleiche, überwältigend schöne Gefühl wie damals, als er sie im Theater zum erstenmal gesehen hatte.

Das Taxi bog in die asphaltierte Auffahrt ein und hielt vor der breiten Frontseite von Cliff Edge. James zahlte und eilte die Stufen hinauf. Als er die Halle betrat, schlug die wuchtige Großvateruhr am Fuß der Treppe gerade sieben. Im Inneren der alten Uhr rumorte es. Als kleiner Junge war ihm das immer unheimlich gewesen.

Aus der offenen Eßzimmertür hörte er Esthers Stimme

sagen: „Nein, Alan, wirklich ..."

James blieb wie angewurzelt stehen. Alan Field in diesem Haus? Nein, das war undenkbar. Wahrscheinlich hatte Esther *von* ihm gesprochen, nicht *mit* ihm.

James ging hinein. Im Eßzimmer waren sieben Leute zum Apéritif versammelt. Aber zuerst sah er nur Carmona. Sie trug ein weißes Strandkleid, hielt einen eisgekühlten Lemondrink in der Hand und hatte ihren Sonnenhut über die Armlehne ihres Stuhles gehängt. Ihre dunklen Haare wirkten ein wenig zerzaust, und sie sah sehr blaß aus.

Im nächsten Moment erblickte er Alan Field, der dicht bei Carmona stand. Dann waren da noch die Trevors, Adela Castleton, Esther Field und Pippa Maybury.

Carmona stand auf und kam ihm entgegen. Er legte ihr die Hand auf die Schulter und küßte sie auf die Wange, wie die meisten Ehemänner ihre Frauen in Gegenwart von Freunden zu begrüßen pflegten. Im stillen aber wünschte er sich nichts mehr, als sie in die Arme zu nehmen und an sich zu drücken. Zum Teufel mit seinen Gästen – so nett sie auch sein mochten!

Im selben Augenblick, als er Carmona berührte, wußte er, daß etwas nicht stimmte. Er hätte ebensogut eine Schaufensterpuppe küssen können. Sie zeigte keinerlei Reaktion. Im Gegenteil. Sie schaute an ihm vorbei und setzte sich dann mit steifen Bewegungen wieder auf ihren Platz.

Während er die Trevors, Adela und Esther begrüßte, machte ihm Pippa einen Drink zurecht. Er dankte ihr und trat mit dem Glas in der Hand auf Alan zu.

„Es überrascht mich, Sie hier zu sehen, Field."

Alan grinste. „So? Ich hatte etwas Geschäftliches mit Esther zu besprechen. Bin bei den Annings abgestiegen. Sie kennen Darsie doch sicher von früher? Sie hat sich nicht gerade zum Vorteil verändert, finde ich. Ist ja auch kein Wunder! Penny für Penny aus geizigen alten Weibern herausholen zu müssen – ich würde mich lieber erschießen."

Er stellte sein Glas ab und wandte sich an Carmona. „Ich fürchte, mich mußt du entschuldigen. Bei den Annings wird pünktlich um halb acht gegessen. Bei dem Wetter! Esther, meine Liebe, ich sehe dich morgen früh ... Oh, Pippa, hast du mal einen Augenblick Zeit?"

Pippa betastete nervös ihre Perlenkette und folgte Alan durch die Terrassentür nach draußen. Gleich darauf kam sie wieder herein. Eine hektische Röte stand in ihrem Gesicht. Zum Glück blieben ihr erstaunte Blicke erspart, denn die Apéritifrunde löste sich gerade auf.

Als James aus dem Bad kam, steckte Carmona gerade eine zierliche Brosche an ihrer pastellgelben Bluse fest. Sie sah ihn im Spiegel auf sich zukommen, drehte sich rasch um und machte eine abwehrende Handbewegung.

„Nein ... Wir werden später miteinander reden. Jetzt ist nicht genug Zeit dafür."

Ihre Haltung berührte ihn schmerzlich.

„Carmona, was ist los? Und was hat Alan Field hier zu suchen?"

„Er kam wegen Esther."

„Vermutlich braucht er Geld."

„Vermutlich."

In diesem Moment spürte sie, wie die große, betäubende Leere von ihr wich. Plötzlich hatte sie Angst. Beklommen sagte sie: „Esther ist sehr aufgeregt. Laß uns später darüber sprechen. Zuerst müssen wir den Abend hinter uns bringen."

James schaute auf die Kaminuhr und antwortete: „Wir haben noch fünfundzwanzig Minuten. Genug Zeit, mir zu erklären, was hier vorgeht."

„N-nein... nicht jetzt."

„Hat Field dich belästigt?" Bei dem Gedanken stieg kalte Wut in James hoch.

„Nicht so, wie du denkst..."

„Sondern?" Seine Stimme war jetzt ärgerlich. Sollte Field gewagt haben, ihr zu erzählen...? Das würde ihr Verhalten erklären. Er hatte immer gehofft, daß sie es nie erfahren würde. Aber daß Field sich selbst derart bloßstellte? Schwer denkbar, aber möglich.

Carmona wich einen Schritt zurück. Sie hatten nie über Alan gesprochen, James hatte auch nie einen Versuch gemacht. Plötzlich wandelte sich ihre Angst in Zorn. James bemerkte es überrascht.

„Was hat er dir erzählt?"

„Kannst du dir das nicht denken?"

„Bitte, Carmona – sag es mir."

Er ging zu ihr und berührte sie sanft am Arm. Doch sie schüttelte ihn ab und sagte kalt: „Du hast ihm Geld gegeben, damit er verschwindet und du mich heiraten kannst."

Damit drehte sie sich um und rannte hinaus. Sie stieß mit dem Ellbogen hart gegen die Türklinke, aber sie achtete kaum darauf. Sie wußte nur, daß sie schreien würde, wenn er versuchen sollte, sie zurückzuhalten.

Doch James rührte sich nicht vom Fleck, bis die Tür hinter ihr zugefallen war. Nun wußte er, was nicht stimmte. Nun konnte er warten. Natürlich hatte Field es ihr so gesagt, daß sie verletzt sein mußte. Das paßte zu ihm.

James war froh, daß Carmona so wütend geworden war. Dann tat es weniger weh . . . Nach einem tiefen Atemzug fuhr er fort, sich anzuziehen.

13

Der Abend schien sich endlos hinzuziehen. James beobachtete seine Gäste unauffällig, um vielleicht irgend etwas Außergewöhnliches in ihrem Verhalten festzustellen. Aber er machte keine besonderen Entdeckungen. Adela Castleton schien sich etwas zu lange in der Sonne aufgehalten zu haben, und auch Esther bekam die Hitze nicht sehr gut. Aber die anderen sahen aus wie immer.

Pippa plauderte unbefangen. Sie stellte James eine Menge Fragen über seine Tätigkeit, die ihn mit so vielen fremden Menschen in Berührung brachte. Er ließ sich nicht anmerken, welche Gedanken ihn bewegten; er war ein ausgezeichneter Gastgeber und verstand es, interessant zu erzählen.

Carmona brachte den Abend besser hinter sich, als sie gedacht hatte. Manchmal stieg so etwas wie Angst in ihr auf, Angst vor der Zukunft. Aber dieses Gefühl hielt nicht sehr lange an. Der Zorn in ihr war noch viel zu mächtig, und sie ertappte sich mehrmals dabei, wie sie sich im stillen zurechtlegte, was sie James alles sagen wollte, sobald sie mit ihm allein war.

Niemand hatte darauf geachtet, daß Pippa etwas zuviel

trank, bis sie schließlich mit geröteten Wangen zu kichern anfing. Esther schaute peinlich berührt zu Boden, während Adela erstaunt die Augenbrauen hob und sich dann wieder in ihre Patiencen vertiefte. Pippa fand das so komisch, daß sie in lautes Gelächter ausbrach und verkündete: „Nun habe ich euch alle schockiert, stimmt's?"

James goß ihr eine Tasse von Mrs. Beestons geeistem Kaffee ein und sagte: „Sie haben zu rasch getrunken, Pippa. Bei der Hitze ist das nicht bekömmlich. Nehmen Sie einen großen Schluck Kaffee und kommen Sie mit mir auf die Terrasse. Es wird jetzt angenehm kühl draußen."

Pippa schüttelte sich. „Nein . . . nein . . . ich will nicht! Ich finde den Garten Ihres Onkels abscheulich, besonders bei Nacht. Diese gräßlichen Statuen, die überall lauern . . ."

Carmona beobachtete, mit wieviel unauffälliger Überlegenheit James die Situation beherrschte. Durch eine geschickte Zwischenfrage entlockte er dem schweigsamen Colonel Trevor eine Bemerkung über den sympathischen Bill Maybury und gab Maisie anschließend das Stichwort für eine ihrer ausführlichen Skandalgeschichten, die sich vor Generationen ereignet hatten.

Carmona bemühte sich, eine aufmerksame Zuhörerin zu sein. Im stillen mußte sie James wider Willen bewundern. Kaum ein Mann hätte die peinliche Szene so elegant abgefangen wie er. James tat, wie immer, das Richtige.

Adela Castleton gähnte dezent. Die Hitze, das Licht, die Stimmen – vor allem Maisies Stimme und ihre verstaubten Geschichten . . . Sie hielt es nicht länger aus. Wie schon am Vorabend, sammelte sie ihre Patience-Karten ein und stand auf.

„Wollt ihr mich bitte entschuldigen? Ich gehe ins Bett. Ich habe schon wieder Kopfschmerzen. Wahrscheinlich war ich zu lange in der Sonne."

Besorgt sagte Carmona: „Kann ich irgend etwas für dich tun?"

Adela schaute sie unschlüssig an. „Ich glaube nicht. Das heißt – ich weiß nicht mehr genau, wo ich meine Tabletten hingelegt habe. Vielleicht kannst du auf einen Sprung mit hinaufkommen..."

Ihr Gesicht war maskenhaft starr. Als sie das Zimmer verließen, legte Carmona den Arm um sie und hatte den Eindruck, daß es Adela wohltat.

Die Tabletten fanden sich in einer Schublade der altmodischen Frisierkommode.

„Es sind sehr starke Tabletten", erläuterte Adela. „Ich nehme sie selten, aber wenn, dann schlafe ich jedesmal wie eine Tote – und das habe ich heute nötig. Bist du so lieb, mir ein Glas Wasser zu holen?"

Sie nahm zwei Tabletten aus dem Fläschchen, schob sie zwischen die Lippen und trank von dem Wasser, das ihr Carmona brachte.

„Wenn du zu Bett gehst, würdest du noch einmal kurz hereinschauen? Wahrscheinlich höre ich dich nicht, aber der Gedanke, daß jemand nach mir sieht... Oh, in meinem ganzen Leben habe ich keine solchen Kopfschmerzen gehabt!"

Sie war in ein zartgelbes Nachthemd geschlüpft, und Carmona half ihr fürsorglich ins Bett, ehe sie wieder hinunterging.

Niemand spürte Bedauern, daß der Abend zu Ende ging.

Carmona ging mit Maisie, Esther und Pippa hinauf, sagte ihnen gute Nacht und öffnete leise Adelas Tür. Durch ein offenes Nordfenster wehte frische Luft herein, die Gardinen blähten sich sanft. Carmona lauschte einen Moment auf Adelas regelmäßige, tiefe Atemzüge. Dann schloß sie die Tür wieder.

Unten im Erdgeschoß verriegelte James die Fenster und blieb noch einen Augenblick unter der offenen Terrassentür stehen. Vom Meer herein kam eine wunderbare Brise. Der Nachthimmel schimmerte dunkelblau, und die Skulpturen im Garten hoben sich gespenstisch dagegen ab.

„Es ist ein Jammer, die herrliche Luft auszusperren", sagte James zu Colonel Trevor. „Aber wenn wir es nicht tun, sehen uns die Beestons im Geist schon in unseren Betten ermordet."

„Die beiden waren sehr lange bei deinem Onkel, nicht wahr?"

„O ja, so lange ich zurückdenken kann. Beeston war Oktavius' Butler, und seine Frau kümmerte sich um die Küche. Als Junge wurde ich in Ferien hingeschickt – mit einem eingenähten Namensschild in meiner Jacke. Zwischen Mildred Wotherspoon, meiner Tante, und Oktavius bestand eine uralte Feindschaft. Wahrscheinlich wußten sie beide nicht mehr so genau, wieso. Aber sie vermieden jedes Zusammentreffen. Während der Ferien umsorgten mich die Beestons rührend. Onkel Oktavius sah ich selten. Er pflegte mir übers Haar zu streichen und zu murmeln: ‚Ach ja, der Junge von unserem armen Henry'. Dann gab er mir jedesmal etwas Taschengeld und zog sich zu meiner Erleichterung wieder zurück. Es war Beeston, der mir den ersten Spaten kaufte und mir beibrachte, wie man Hummer fing. Und Mrs.

Beeston ließ mich immer heimlich von der Bowle probieren."

Tom Trevor trank sein Glas aus und stellte es ab. „Du hast doch nicht die Absicht, das Haus zu behalten?"

„Um Gottes willen, nein. Es ist viel zu groß und zu verwahrlost. Die Renovierung würde ein Vermögen verschlingen, und der Unterhalt ist auch so schon beträchtlich genug."

James schloß die Terrassentür und wünschte dem Colonel am Treppenaufgang gute Nacht. Mit gemischten Gefühlen betrat er sein Schlafzimmer.

Carmona saß auf dem Bett. Sie war froh, daß der Abend vorüber war. Aber je länger sie allein war, desto mehr schwand ihre zornige Entschlossenheit. Als sie endlich James' Schritte auf der Treppe hörte, war eine ganze Serie verschiedenster Empfindungen über sie hinweggegangen. Aber sie wußte, daß sie eine Aussprache nicht hinausschieben durfte. James mußte ihr die Wahrheit sagen.

Irgendwie fürchtete sie sich. Nicht vor James, sondern vor dem, was sie über ihn erfahren würde. Er hatte sie von Alan Field gekauft. Er hatte fünftausend Pfund für sie bezahlt. Sie schauderte. Hatte sie auch James nicht erkannt, wie er wirklich war? Was sollte sie tun? Einen Augenblick lang fühlte sie sich entsetzlich einsam und verzweifelt.

James schloß die Tür und ging auf sie zu. „Wir müssen über die Sache sprechen, Carmona."

„Ja", sagte sie. Das heißt, ihre Lippen bewegten sich, aber sie brachte keinen Ton heraus.

James setzte sich neben sie aufs Bett. „Es bedrückt dich sehr, nicht wahr?"

„Ja", flüsterte sie.

Es tat ihm weh, zu sehen, wie sie sich quälte. Spontan wollte er den Arm um sie legen. Aber sie zuckte zurück.

„Du willst nicht, daß ich dich berühre? Gut, ich werde es nicht tun. Aber wir müssen nun einmal darüber reden, und es wäre leichter, wenn ich dich ..."

Als sie schauderte, brach er ab und sagte rasch: „Gut, ich will dir alles erklären."

Es war schwer, den richtigen Anfang zu finden. Er dachte zurück an den Augenblick, als er sie zum erstenmal gesehen hatte, in ihrem duftigen weißen Kleid – und mit Alan Field an ihrer Seite. Stockend versuchte er, ihr begreiflich zu machen, was er damals empfunden hatte. Nach den ersten Worten wurde ihm das Reden leichter.

„Ich hoffte, die Trevors würden mich vorstellen. Aber Maisie bekam wieder einmal ihre Migräne, und wir mußten sie nach Hause bringen. Ich wußte, daß ich am nächsten Morgen unbedingt nach Kairo mußte und dich nicht wiedersehen würde."

Er machte eine Pause und sah sie bittend an. Aber sie wartete mit unbewegtem Gesicht, bis er fortfuhr.

„Es dauerte vierzehn Monate, ehe ich mich freimachen konnte. Inzwischen war Mary Maxwell kurz nach Kairo gekommen, und ich rannte ihr nach, um irgend etwas über dich zu erfahren. Ich war unendlich erleichtert, als ich hörte, daß du nicht geheiratet hattest. Sobald ich in England war, fuhr ich zu den Trevors. Von ihnen erfuhr ich, daß du in einer Woche Alan Field heiraten würdest. Maisie begeisterte sich für das Ereignis, aber Tom war überzeugt, daß Alan dir das Herz brechen würde. Er hätte seine rechte Hand gegeben, um die Heirat zu verhindern. Und ich, ich hätte noch viel mehr darum gegeben – aber was hätte ich tun können?"

Carmona hob den Kopf. „Was ging es dich überhaupt an?" sagte sie sehr leise und sehr kühl.

„Ich liebte dich, und du warst unglücklich."

„Wie kommst du darauf?"

„Auf dem Weg zu den Trevors sah ich dich im Zug nach London. Unsere beiden Züge fuhren ganz langsam aneinander vorbei. Du hattest einen Fensterplatz, und dein Gesicht ... nun, ich konnte sehen, daß du sehr unglücklich warst."

O ja, damals hatte sie sich entsetzlich gefühlt. Sie war im Begriff gewesen, Alan Field zu heiraten. Nicht, weil sie nach ihm verlangte, sondern weil er sie brauchte. Und mit jedem Tag, der verging, spürte sie mehr, daß das nicht genug war. Aber sie konnte nicht zurück, es war zu spät. Sie konnte ihm unmöglich einen solchen Schlag versetzen. Sie mußte Alan heiraten und das beste daraus machen ...

James wartete, und als Carmona nichts sagte, fuhr er fort: „Ich konnte nichts tun. Jedenfalls dachte ich das. Wäre ich überzeugt gewesen, daß er dich glücklich macht, ich hätte mich damit abgefunden, glaube mir. Aber ich wußte, daß Tom Trevor recht hatte; Alan würde dir das Herz brechen. Ich hatte inzwischen eine ganze Menge über ihn erfahren, und ich wußte, er war es nicht wert, die gleiche Luft mit dir zu atmen ... Es war die Hölle für mich. Und dann geschah etwas."

Ihr Herz begann zu klopfen. Das hatte sie immer wissen wollen! Was war geschehen? Und warum war es geschehen? Und wie? Sie atmete heftig.

Wenn James von ihrer Reaktion überrascht war, dann

zeigte er es nicht. Mit ruhiger Stimme erzählte er weiter.

„Ich hatte eine unumgängliche Dinner-Einladung bei einem gewissen Edwards und seiner Frau. Als ich hinkam, war eine regelrechte Party im Gang, und später gingen wir alle in einen etwas anrüchigen Nachtclub. Es war nicht gerade die Sorte, die mir liegt. Aber ich konnte mich nicht gut ausschließen. Wir waren etwa eine halbe Stunde da, als Alan Field in ziemlich angetrunkener Gesellschaft hereinkam. Er versuchte zu tanzen, aber seine Partnerin stolperte immer wieder und gab schließlich auf."

Was jetzt kam, hätte er ihr gern erspart. Es mußte sie verletzen. Aber er konnte diesen Teil der Geschichte nicht verschweigen.

„Sie – sie setzten sich, tranken reichlich, und Field beklagte sich über seine mißliche geschäftliche Lage. Niemand hätte ihm je im Leben eine Chance gegeben, und nun müsse er sich wohl oder übel für ein paar lumpige Hunderter im Jahr an die Kette legen lassen. Er sagte noch mehr dieser Art, bis ich schließlich zu seinem Tisch hinüberging und ihn ansprach. ‚Sie werden in einigen Tagen heiraten', sagte ich. ‚Ja, ein häßlicher Gedanke', sagte er, ‚aber man muß schließlich leben.' Darauf sagte ich: ‚Was halten Sie davon, wenn Ihnen jemand eine schöne, runde Summe bietet für einen neuen Start in, sagen wir mal, Südamerika?' Er wollte wissen, was ich unter einer schönen, runden Summe verstand. Ich sagte es ihm. Zuerst hielt er es für einen Witz, dann war er wie elektrisiert von der Aussicht. Ich wollte nicht mit einem Betrunkenen verhandeln, deshalb nahm ich ihn mit, hielt ihm den Kopf unter die Wasserleitung und pumpte ihn mit Kaffee voll."

Er machte eine Pause, bis Carmona mit unbewegtem Gesicht sagte: „Weiter."

James nickte. „Als er nüchtern genug war, erklärte er, Südamerika könnte ihm gefallen. Der Boden in England würde ihm ohnehin ein bißchen zu heiß. Er äußerte sich ziemlich ungeniert über dich und dein Vermögen. Es ärgerte ihn, daß das Kapital für dich und deine Nachkommen festgelegt war und er seine Absichten auf deine Zinserträge beschränken mußte. Am nächsten Tag sahen wir uns wieder, um die Bedingungen zu besprechen. Ich wollte für die Fahrkarte und ein ausreichendes Taschengeld sorgen. Er sollte sich von dir fernhalten und dir in einem Brief die Wahrheit erklären – nämlich, daß er nicht wert war, dich zu heiraten. Den Rest der Summe sollte er nach seiner Ankunft in Rio bekommen, und ich habe mich an diese Vereinbarung gehalten."

„Er hat nicht geschrieben. Ich war in der Kirche – und er kam nicht."

„Ich weiß. Aber das habe ich nicht gewollt, bitte, glaub mir!"

Sie glaubte ihm. Er hatte nicht gewollt, daß alles so kam. Er hatte nicht gewollt, daß sie sich einsam und unglücklich und gedemütigt fühlte. Aber es war geschehen, und es war seine Schuld gewesen. Zorn stieg in ihr hoch. Und dennoch ging eine wunderbare Beruhigung von ihm aus. Sie fühlte sich sicher und geborgen und beschützt. So war es auch gewesen, als sie sich entschlossen hatte, ihn zu heiraten. Alle waren damals überrascht gewesen, daß sie es fertiggebracht hatte – nach so kurzer Zeit und nach einem solchen Schock. Aber wie hätte sie ihnen erklären können, daß der Schmerz, dieser bohrende, aufwühlende Schmerz, in James' Gegenwart immer von ihr abfiel, daß er ihr das Gefühl gab, nie wieder so etwas Schreckliches durchmachen zu müssen? Und als er sie schließlich gefragt hatte, hatte sie ja gesagt und ihn geheiratet...

Sie schwiegen beide eine Weile. Dann sagte James: „Wir haben nie über Alan Field gesprochen. Tut es denn immer noch so weh?"

„Das... das verstehst du nicht. Ich dachte, er braucht mich. Dann begann ich zu zweifeln. Ich wußte, daß es nicht leicht werden würde, aber ich konnte nicht mehr zurück. Und dann kam er nicht... Ich weiß nicht, wie ich es erklären soll..."

„Du hattest dich dazu durchgerungen, ihm zu helfen. Und dann mußtest du plötzlich feststellen, daß deine Hilfe gar nicht gebraucht wurde. Ist es das?"

Sie bewegte fast unmerklich den Kopf. „Er brauchte nichts von alledem, was ich dachte. Alles, was er wollte, war Geld. Und es war ihm nicht einmal genug..."

Die letzten Worte konnte er kaum noch verstehen. Spontan beugte er sich vor und ergriff ihre Hände. Diesmal zuckte sie nicht zurück. Ihre Finger umklammerten die seinen.

„Carmona, mein Liebes!"

Er versuchte, seine Hände zu lösen, um sie in die Arme zu nehmen. Aber sie schüttelte heftig den Kopf.

„Nein, James – bitte!"

Tränen rannen ihr übers Gesicht. Sie nahm ihre Hände von ihm fort und suchte nach einem Taschentuch.

14

James löschte das Licht in Onkel Oktavius' altem Ankleidezimmer und zog die Vorhänge zurück. Von hier hatte er den gleichen Ausblick wie vom Eßzimmer aus – gespenstisch hoben sich die Umrisse der scheußlichen Statuen gegen den dunkelblauen Nachthimmel ab. Aber irgend etwas unterschied sich von vorhin. Einer der Umrisse bewegte sich. Jemand huschte durch den Garten und schlüpfte durch die Tür, die zum Klippenpfad führte.

Erstaunt sah James der schattenhaften Gestalt nach. Er konnte sich nicht gut vorstellen, daß einer seiner Gäste ausgerechnet um diese Zeit einen Spaziergang machte. Es paßte nicht zu den Trevors und schon gar nicht zu Esther Field. Er dachte an Pippa Maybury. Ihr sah ein solcher Einfall schon eher ähnlich – aber nicht allein. Nein, Pippa würde nicht allein gehen.

Natürlich konnte die schattenhafte Gestalt auch jemand sein, der hier nichts zu suchen hatte. Ein harmloser Fremder. Vielleicht aber auch ein Einbrecher? James wollte seine Beobachtung nicht überbewerten, aber es konnte nicht schaden, unten noch einmal nachzusehen. Wenn einer seiner Gäste nach draußen gegangen war, dann wahrscheinlich durch die Terrassentür im Eßzimmer.

Pippas Ausspruch von den „lauernden" Statuen fiel ihm ein und löste einen anderen, nicht sehr angenehmen Gedanken aus. Sollte etwa Alan Field sich heimlich hier herumtreiben?

Leise öffnete er die Tür zum Schlafzimmer und sah zu seiner Beruhigung, daß Carmona eingeschlafen war. Sie hatte die Deckenleuchte ausgeschaltet. Nur die Nachttischlampe auf seiner Seite des Bettes brannte noch. Sachte zog er die Tür wieder zu, schlüpfte in seine Schuhe, zog den hellen Regenmantel an, der hinter der Tür hing und nahm seine Taschenlampe mit. Während er die Treppe hinunterging, schlug die Großvateruhr in der Halle Viertel nach zwölf.

James fand seine Vermutung bestätigt. Die Terrassentür im Eßzimmer war nur angelehnt, und er erinnerte sich genau, daß er sie nach dem Gespräch mit Tom Trevor geschlossen hatte. Jemand aus diesem Haus war also noch einmal heruntergekommen – jemand, der jetzt, mitten in der Nacht, auf dem gewundenen Felspfad zum Strand hinunterging. Merkwürdig...

Er öffnete die Tür weit, betrat die Terrasse und knipste die Taschenlampe an. Es war nichts zu sehen oder zu hören, was er nicht seit seiner Kindheit kannte. Aber er wollte sich Gewißheit verschaffen. Entschlossen löschte er die Lampe, durchquerte den Garten und betrat den Klippenpfad.

Carmona erwachte durch ein ungewöhnliches Geräusch. Sie fühlte nichts. Ihr war, als hätten ihre Tränen alles fortgeschwemmt – den Ärger, den Schmerz, die Enttäuschung. Sie war nur noch müde gewesen und mußte sofort eingeschlafen sein.

Nun lauschte sie auf das eigentümliche Geräusch. Es waren Schritte, hastige Schritte. Sie öffnete die Augen. Im Licht der Nachttischlampe waren die Fenster nur große, schwarze Flächen. Die Schritte draußen rannten und stolperten. Sie vernahm einen unterdrückten, schluchzenden Laut. Einem Impuls folgend, beugte sie sich rasch hinüber, um James' Nachttischlampe zu löschen. Dann schlüpfte sie aus dem Bett und trat an eines der Fenster, die sich jetzt hell von den Wänden abhoben.

Sie sah, wie jemand quer über die Terrasse rannte und im Haus verschwand. Gleich darauf hörte sie das wohlbekannte Geräusch, mit dem die Terrassentür zuschnappte.

Schlagartig war sie hellwach. James? Er war nicht hier. Nein, es waren nicht seine Schritte gewesen. Es waren überhaupt nicht die Schritte eines Mannes gewesen. Aber wo war James? Sie konnte nicht sehr lange geschlafen haben. Aber bestimmt länger, als James brauchte, um sich auszuziehen und zu Bett zu gehen.

Nachdenklich wandte sie sich vom Fenster ab, ging ins Ankleidezimmer und knipste das Licht an. James' Sachen waren unordentlich über einen Stuhl geworfen. Der Morgenmantel lag daneben.

Carmona schaute sich um und entdeckte, daß der Regenmantel hinter der Tür verschwunden war. Auch die Taschenlampe fehlte. Sie lag für gewöhnlich auf dem Frisiertisch hinter dem Bürsten-Set, das sie James geschenkt hatte.

Kopfschüttelnd ging sie ins Schlafzimmer zurück und öffnete leise die Tür zur Treppe. Dort brannte eine matte Kugelleuchte. Im ersten Augenblick sah Carmona nichts. Aber die Schritte kamen nun durch die Halle. Es waren keine rennenden Schritte mehr, sondern langsame, schleppende. Am Fuß der Treppe hielten sie inne, als hätten sie nicht die Kraft, nach oben zu gelangen.

Carmona wartete mit angehaltenem Atem. Die Zugluft

zwischen Fenster und Tür ließ sie in ihrem dünnen Nachthemd frösteln. Und da waren die Schritte wieder. Sie kamen die Treppe herauf, mühsam und unsicher. Im matten Schein der Treppenbeleuchtung näherte sich eine Gestalt.

Es war Pippa. Sie hielt sich mit der rechten Hand krampfhaft am Geländer fest und sah aus, als würde sie beim besten Willen keinen weiteren Schritt mehr schaffen. Die linke Hand hing schlaff herunter. Ihre Augen waren schreckgeweitet, ihr Gesicht leichenblaß, und ihr Kleid war von den Knien abwärts über und über fleckig.

15

Pippa lehnte sich gegen das Geländer. Ihr Atem ging in heftigen Stößen. Als sie sich wieder in Bewegung setzte, ruderte sie mit den Armen wie ein ertrinkender Schwimmer und landete taumelnd vor ihrem Zimmer. Dreimal versuchte sie mit flatternden Händen, die Klinke niederzudrücken. Endlich gelang es ihr, und sie verschwand im Zimmer.

Carmona war unbeweglich stehengeblieben. Ihr Herz klopfte hart. Dann erwachten ihre Lebensgeister wieder. Das erste, was ihr durch den Kopf ging, war die Erleichterung darüber, daß sie Pippa nicht spontan angesprochen hatte. Vermutlich hätte sie lauthals geschrien und das ganze Haus aufgeweckt. Und irgendein Instinkt sagte Carmona, daß das unbedingt vermieden werden mußte.

Jetzt konnte nicht mehr viel passieren. Das Nachbarzimmer war das von Adela Castleton, und die hatte ein starkes Schlafmittel eingenommen; sie würde nichts hören. Also konte Carmona wagen, zu Pippa hinüberzugehen. Entschlossen überquerte sie den Treppenflur, öffnete Pippas Zimmertür und schlüpfte hinein.

Drinnen war es dunkel. Carmona schloß leise die Tür hinter sich und tastete nach dem Lichtschalter. Aus unmittelbarer Nähe drang stoßweises Atmen an ihr Ohr. Als es hell wurde, stand Pippa mit weit aufgerissenen Augen und schützend vorgereckten Armen vor ihr. Sie sah noch viel schlimmer aus, als in der düsteren Treppenbeleuchtung zu erkennen gewesen war. Ihre Hände waren ebenso besudelt wie ihr Kleid – rot und klebrig.

Rasch sagte Carmona: „Keine Angst, ich bin's nur!" Und dann: „Was ist passiert?"

Pippas Kopf schwankte unkontrolliert hin und her. Langsam nahm sie die Hände herunter und stammelte: „Er ist tot..."

Carmona griff, ohne den Blick von Pippa zu wenden, hinter sich und drehte den Türschlüssel herum. In diesem Augenblick fiel ihr James ein, und eisiges Entsetzen durchfuhr sie. Ihr Kopf begann zu dröhnen. Wie durch einen Nebel hörte sie Pippa verstört wiederholen: „Er ist tot – Alan ist tot..."

Ein überwältigendes Gefühl der Erleichterung durchflutete Carmona. Es war so stark, daß ihr die Knie schwankten. Das eine Wort, dieser Name – er hatte genügt, um ihr alle Lebenskraft zurückzugeben.

„Zieh das Kleid aus", flüsterte sie rasch. „Und beeile dich! Erzählen kannst du hinterher."

Pippa begann, hilflos an ihrem Gürtel zu zerren, ohne den Verschluß aufzubekommen. Sie war so durcheinander, daß ihr Carmona helfen mußte. Es war, als würde sie ein tolpatschiges Kind ausziehen.

Carmona rollte Kleid und Strümpfe zu einem Bündel zusammen. Kein Zweifel, die Flecke auf dem Kleid waren Blut. Und auch an Pippas Händen klebte Blut. Es begann bereits zu trocknen. Pippa mußte sich waschen, und das Kleid mußte verschwinden. Carmona war dessen sicher, obwohl sie nicht hätte sagen können, weshalb.

„Du behauptest, Alan sei tot", sagte sie. „Hast du ... ich meine, hast du ihn – umgebracht?"

Pippa schaute sie entsetzt an. „Nein, o Gott, nein!"

„Du erzählst mir besser, was geschehen ist."

„Ich ... ich wollte mich mit ihm treffen ..."

„Warum?"

„Er sagte, er würde am Morgen in die Stadt fahren, um ... um mit Bill zu sprechen."

„Wo wolltest du dich mit ihm treffen?"

„In der Strandhütte."

„Aber sie ist abgeschlossen! Wir schließen sie immer ab."

„Der Schlüssel in der Halle", erklärte Pippa stockend. „Er hat ihn eingesteckt. Nichts einfacher als das." Sie schauderte.

„Weiter!" drängte Carmona, während sie sich im Zimmer umsah. Ein dünner, schwarzer Morgenmantel mit eingewebten Goldsternchen hing über dem Fußende des Bettes. Carmona legte ihn Pippa um die Schultern. Das kalkweiße Gesicht mit dem verschmierten Lippenstift wirkte über dem dunklen Kleidungsstück wie die Maske eines Clowns.

„Erzähl weiter", wiederholte Carmona.

„Die Hütte – die Tür der Hütte stand offen. Es war kein Licht. Ich stolperte über . . . über irgend etwas. Ich fiel hin. Ich . . . ich faßte in etwas Feuchtes, Klebriges. Mein Kleid . . . auch mein Kleid wurde naß . . ."

Pippa begann am ganzen Körper zu zittern. Doch Carmona konnte sich nicht damit aufhalten, sie zu beruhigen.

„Wie willst du wissen, daß Alan tot war?"

„Die Taschenlampe – ich hatte eine Taschenlampe . . ." Sie begann zu schluchzen. „Er lag direkt hinter der Tür. Er war tot. Tot! Jemand hatte ihn erstochen. Nicht ich – ich schwöre es dir! Womit hätte ich ihn auch erstechen sollen? Ich hatte doch nur . . . und mein Kleid, meine Hände – oh, Carmona, überall war Blut!"

„Bist du sicher, daß er tot war?"

„Du würdest nicht fragen, wenn du ihn gesehen hättest." Sie zitterte jämmerlich.

„Wir müssen die Polizei rufen", sagte Carmona.

Pippa schrie entsetzt auf.

„Nein! Nein! Sie werden sagen, ich hätte es getan! Ich müßte zugeben, daß ich dort war – mitten in der Nacht, um ihn zu treffen. Bill würde wissen wollen, warum – die Polizei würde wissen wollen, warum. Soll ich ihnen erzählen, daß Alan mich erpreßt hat und ich ihm meine Perlen geben sollte, damit er Bill nicht erzählt . . . Sie würden mir nicht glauben, daß ich es nicht getan habe! Bitte, das kannst du nicht tun – ich bitte dich . . ."

Carmona sah ein, daß der Schein gegen Pippa sprach. Ja, niemand würde ihr glauben. Aber da war noch etwas anderes. Während der letzten Minuten war es in ihr Bewußtsein gedrungen. Sie durfte die Polizei nicht rufen – nicht nur wegen der mißlichen Situation, in der Pippa sich befand. Wo war James? Es mußte ziemlich spät sein... Onkel Oktavius hatte ein Faible für Uhren gehabt. In jedem Zimmer stand mindestens eine. Die in Pippas Zimmer war ein weißgoldenes Porzellangebilde aus China. Sie ging sehr genau, und sie zeigte nun zwanzig Minuten nach eins. Wie lange war sie mit Pippa zusammen? Fünf Minuten oder zehn?

Rasch sagte sie: „Um welche Zeit warst du mit Alan verabredet?"

„Zwanzig Minuten nach Mitternacht."

Zwanzig Minuten nach Mitternacht – diese Zeitangabe löste einen unangenehmen Widerhall in Carmonas Kopf aus. Zwanzig Minuten nach Mitternacht – um diese Zeit konnte sie noch nicht lange geschlafen haben. Sie hatte überhaupt nicht sehr lange geschlafen. Sie versuchte sich zu erinnern. James war im Ankleidezimmer gewesen. Ins Bett war er nicht gegangen – aber wohin dann? Und wo war er jetzt? Wenn sie die Polizei rief, dann mußte es jetzt gleich geschehen. Jetzt gleich – oder gar nicht...

Eine halbe Stunde später war sie wieder in ihrem eigenen Zimmer. Sie hatten sich nach unten geschlichen, hatten die Glut des Küchenfeuers neu entfacht, um Pippas Kleid und Strümpfe zu verbrennen, und Pippa hatte sich am Spülstein gewaschen. Sie konnten sich einigermaßen sicher fühlen. Die Schlafräume lagen weit genug entfernt, und die Beestons bewohnten das Dachgeschoß. Niemand konnte sie hören.

Carmona vergewisserte sich, daß alle Blutspuren beseitigt waren. Sie brachte Pippa zu Bett und kehrte in ihr Schlafzimmer zurück. Trotz der Dunkelheit spürte sie, daß James da war. Sekunden später hörte sie seinen tiefen, gleichmäßigen Atem. Er schlief. Vorsichtig schlüpfte sie ins Bett und hielt für Sekunden die Luft an. Aber James schlief ruhig weiter.

Kaum hatte ihr Kopf das Kissen berührt, empfand sie eine bleierne Müdigkeit. Einen Augenblick lang bemühte sie sich, sich zu erinnern und ihre Gedanken zu ordnen, dann gab sie der Erschöpfung nach und sank in ein traumloses, wohltuendes Nichts.

16

Es war Colonel Anthony, der die Leiche entdeckte. Sieben Monate im Jahr pflegte er, ohne Rücksicht auf das Wetter, jeden Morgen bei den Klippen zu tauchen. Da sein Anwesen an Cliff Edge grenzte, benutzte er den gleichen Pfad zum Strand.

Auf dem Weg zu den Klippen kam er an der Strandhütte der Hardwicks vorbei und sah sofort, daß etwas nicht in Ordnung war. Die Tür stand sperrangelweit offen. Der Fuß eines Mannes ragte heraus. Er hatte eine eigentümliche Stellung und bewegte sich nicht.

Colonel Anthony blieb einen Augenblick stehen. Dann trat er näher und entdeckte den Mann am Boden der Hütte. Er lag mit dem Gesicht nach unten. In seinem Rücken klaffte eine Wunde. Es gab viel Blut, aber es war bereits angetrocknet. Es bestand kein Zweifel, daß der Mann tot war. Der Colonel machte auf dem Absatz kehrt und bewältigte den steilen Klippenpfad in erstaunlichem Tempo.

Um Viertel nach sieben meldete Beeston einen Inspektor Colt von der Ortspolizei.

„In Ordnung, Beeston. Ich komme gleich", sagte James. Er zog ein Sporthemd mit offenem Kragen an, das zu seiner leichten Sommerhose paßte. Dann ging er hinunter.

Inspektor Colt erwartete ihn in dem dämmerigen Arbeitszimmer, in dem Onkel Oktavius sein mittägliches Nickerchen abzuhalten pflegte. Es enthielt einige wuchtige, mit schwarzem Leder überzogene Lehnsessel und ein breites Sofa. Aber Inspektor Colt zog es vor zu stehen. Er hatte struppige, helle Haare und ein längliches Pferdegesicht. In seiner flachen Hand hielt er James einen Schlüssel entgegen.

„Guten Morgen, Sir", sagte er. „Darf ich fragen, ob das der Schlüssel zu Ihrer Strandhütte ist?"

James warf einen Blick auf den Schlüssel. „Möglich. Aber wie kommen Sie dazu? Wir schließen die Hütte abends immer ab und legen den Schlüssel auf den Tisch in der Halle. Ich will mal dort nachsehen."

„Nicht notwendig, Sir", sagte der Inspektor. „Der Schlüssel wird nicht dort sein. Als wir angerufen wurden, daß in ihrer Strandhütte ein Toter liegt..."

„Ein was?" James, der gerade in die Halle gehen wollte, drehte sich wieder herum.

„Ein Toter", wiederholte der Inspektor, ohne daß sich sein Gesichtsausdruck änderte. „Als wir hinkamen, stand die Tür der Hütte offen. Drinnen lag der Tote und neben ihm der Schlüssel. Ich dachte, Sie könnten mir vielleicht etwas nähere..."

„Wer war der Mann?" fragte James dazwischen.

„Colonel Anthony identifizierte ihn als Alan Field."

„Field? Du lieber Himmel – seine Stiefmutter ist bei uns zu Gast. Und er selbst war gestern abend hier."

Inspektor Colt nickte. „Das wissen wir bereits von Colonel Anthony."

Erstaunlich, wie gut die lieben Nachbarn doch informiert sind, dachte James. Um so besser würde es sein, der Polizei von sich aus genügend Informationen zu geben. In angemessen erschüttertem Ton sagte er: „Es wird ein schlimmer Schock für Mrs. Field sein. Sie hing sehr an ihm."

„Sind Sie mit ihr verwandt?"

„Sie ist die Tante meiner Frau. Field war die letzten drei Jahre in Übersee – Südamerika, soviel ich weiß. Vorgestern tauchte er ziemlich überraschend auf. Ich selbst war nicht da. Ich kam gestern abend von einer Reise zurück – um sieben Uhr, um genau zu sein. Unsere Gäste nahmen gerade einen Apéritif, als ich ankam. Field war da, ging aber bald darauf. Anscheinend hat er den Schlüssel zur Strandhütte mitgenommen. Vielleicht war er es sogar, der die Hütte abgeschlossen hat – keine Ahnung."

Der Inspektor zückte sein Notizbuch und begann damit, die Namen der anwesenden Gäste, die James ihm nannte, einzutragen – Colonel Trevor mit Frau, Lady Castleton, Mrs. Field, Mrs. Maybury.

„Und sie alle kannten Mr. Field?"

„Ich nehme es an", sagte James trocken.

„Aber Sie sind nicht sicher?"

James lächelte dünn. „Natürlich nicht. Wie ich schon sagte, kam ich gestern abend von einer Reise zurück. Ich selbst habe Field vorher nur ein- oder zweimal gesehen."

Colt bemerkte mit ausdrucksloser Stimme: „Aber Mrs. Hardwick war früher mal mit ihm verlobt gewesen?"

„Hm – ja. Sie sind sozusagen miteinander aufgewachsen. Es hat nichts zu bedeuten. Ich habe meine Frau erst viel später kennengelernt."

„Gab es gestern abend Mißverständnisse, Streit, Auseinandersetzungen?"

„Nichts dergleichen. Es war eine ganz normale Apéritifrunde, die sich bald auflöste."

„Darf ich fragen, warum?"

„Es war schon nach sieben. Die anderen waren am Strand gewesen, ich kam von einer Reise zurück. Alle wollten sich frischmachen und umziehen. Field, der bei Miss Anning abgestiegen war, wurde dort um halb acht zum Essen erwartet."

„Und es gab tatsächlich keinen Streit?"

„Natürlich nicht."

James ging hinauf und fand Carmona vor dem Spiegel. Sie frisierte sich. Er trat zu ihr und nahm ihr die Bürste aus der Hand.

„Hör bitte zu, Carmona. Drunten ist ein Inspektor Colt von der örtlichen Polizei. Alan Field ist tot. Ich frage dich nicht, ob du es schon gewußt hast. Ich frage dich überhaupt nichts. Ich sage dir nur, wieviel du wissen solltest, wenn du hinunterkommst. Colonel Anthony entdeckte die offene Strandhütte und Alans Leiche darin. Der Schlüssel lag neben ihm. Jemand hat ihn von hinten erstochen – nein, nur ‚erstochen'. Mehr wissen wir nicht. Hast du verstanden?"

Sie nickte kaum merklich, und er fuhr fort: „Sie wissen, daß du mit ihm verlobt warst. Sie wollen mit jedem hier im

Haus reden. Colt ist ganz versessen darauf, herauszufinden, ob es irgend einen Streit gegeben hat. Ich stellte das selbstverständlich in Abrede."

Wieder machte er eine Pause, ehe er sagte: „Du mußt es Esther sagen – tut mir leid. Und dann rede mit den anderen. Benutze deinen Verstand. Sag ihnen, sie sollen auf keinen Fall zuviel reden. Am besten, sie halten sich strikt an die Fragen – und an die Wahrheit. Lügen, egal wie unbedeutend, haben die unangenehme Eigenschaft, wie ein Bumerang zurückzukommen. Und nun beeile dich! Ich gehe hinunter und sage Colt, daß du dich erst anziehen mußt."

17

Am Abend gegen halb neun fragte Frank Abbott nach Miss Silver. Marie, das französische Mädchen, führte ihn ins frühere Eßzimmer der Annings, das jetzt als Aufenthaltsraum diente.

Zwei ältere Ladies spielten an einem kleinen Tischchen Doppel-Patience. Eine weitere alte Dame las in der Sofaecke einen Krimi, und Miss Silver hatte sich mit ihrem zartrosa Strickzeug an das äußerste Ende des Raumes zurückgezogen. Sie trug ein olivgrünes Kleid, auf dem ihre Lieblingsbrosche prangte, und sah trotz der anhaltenden Schwüle frisch und munter aus.

Die anwesenden Ladies musterten den unerwarteten Gast mit diskreter Neugier. Miss Silver hob den Blick von ihrem

Strickzeug, und Inspektor Abbott hatte wieder einmal den Eindruck, daß sie wahrscheinlich etliche Fragen besser beantworten konnte als er.

Sie steckte ihr Strickzeug zusammen und stand auf. „Mein lieber Frank – was für eine reizende Überraschung!"

Während sie sich begrüßten, gelangten sie in die Halle, wo Frank Abbott mit gedämpfter Stimme sagte: „Können wir hier irgendwo ungestört reden?"

Miss Silver dachte kurz nach, dann antwortete sie: „Einen Augenblick bitte. Ich werde Miss Anning fragen."

Sie ging zu dem kleinen Büro hinüber. Frank hörte leise Stimmen, dann sah er Darsie Anning herauskommen. Etwas an ihr kam ihm seltsam vor. Aber er hätte nicht genau sagen können, was. Ihre dunklen Augen musterten ihn sekundenlang prüfend. Ein gespannter Ausdruck lag darin.

Miss Silver stellte Frank als „Inspektor Abbott" vor und sagte: „Miss Anning ist so liebenswürdig, uns ihr Büro zur Verfügung zu stellen."

Frank bedankte sich höflich, worauf Darsie bemerkte: „Gern geschehen. Ich wollte ohnehin gerade meiner Mutter Gesellschaft leisten."

Er schaute ihr nach, wie sie die Treppe hinaufging. Ein merkwürdiges Wesen, dachte er. Irgend etwas an ihr irritiert mich.

Sobald er Miss Silver einen Stuhl zurechtgerückt hatte, sagte er: „In diesem Haus stimmt etwas nicht. Was ist es?"

Miss Silver ließ sich mit der Antwort Zeit. Sie arrangierte ihre Wolle, begann zu stricken und sagte dann bedächtig: „Sie meinen Miss Anning? Ach, sie hat ein schweres Leben. Ihre Mutter ist ein Pflegefall."

„Das meine ich nicht. Sie wissen schon ..."

Miss Silver lächelte sanft. „Ich möchte nicht, daß Sie zuviel hineingeheimnissen. Miss Anning tut mir leid. Aber wenn ich es Ihnen nicht erzähle, erfahren sie es von jemand anderem. Also, da war früher mal eine Beinahe-Verlobung mit Mr. Field. Mag sein, daß ihr sein tragischer Tod immer noch nahegeht. Mindestens ist sie geschockt, denn er wohnte hier im Haus."

Frank Abbott nickte. „Ich bin ursprünglich aus einem anderen Grund mit dem Fall in Berührung gekommen. Ich werde es Ihnen gleich erzählen. Als der Chief mir den Ort des Verbrechens nannte, hätte ich am liebsten laut gelacht. Ein so unglaublicher Zufall! Zwei Tage zuvor hatte ich Ihre Ansichtskarte bekommen. Ich erzähle Ihnen besser nicht, was der Chief sagte, als er erfuhr, daß sie sich ebenfalls in Cliffton-on-Sea aufhielten."

Miss Silver konnte es sich auch so vorstellen. Sie schätzte Chefinspektor Lamb sehr, hatte aber nicht das geringste Verständnis dafür, daß er sich noch heute darüber ärgerte, weil sie ihm verschiedentlich um eine Nasenlänge voraus gewesen war.

Frank lachte. „In bezug auf Sie ist er regelrecht abergläubisch. Vielleicht hält er Sie gar für eine Zauberin, die auf dem Besenstiel mitten durch seine schönsten Fälle reitet."

„Manchmal geben Sie ausgesprochenen Unsinn von sich, Frank", tadelte Miss Silver. Es war nicht das erstemal, daß sie sich zu einer solchen Bemerkung veranlaßt sah.

Frank sagte rasch: „Gut, kommen wir zum ernsten Teil. Kommen wir zu José Cardozo oder, wie der Chief ihn nennt, zu ‚Hose'. Seit drei Wochen ist er sozusagen der Stachel im

Fleisch des Chiefs. Er kam mit einem Empfehlungsschreiben zu ihm und wollte, daß wir seinen Bruder suchen."

„José Cardozo", wiederholte Miss Silver nachdenklich. „Und er hat einen Bruder."

„Hatte", berichtigte Frank Abbott. „Aber möglicherweise stimmt auch Ihre Version, und er *hat* einen Bruder. Das ist bereits der erste Haken an der Geschichte. Der Bruder heißt – oder hieß – Felipe. José behauptet, er sei von Südamerika zu uns herübergekommen. Per Schiff oder per Flugzeug, unter seinem eigenen Namen oder unter einem falschen. Er hatte ein sehr wichtiges Geschäft zu erledigen und trug ein ebenso wichtiges Dokument bei sich. Aber es gibt keinerlei Beweis dafür, daß Felipe England überhaupt betreten hat. José allerdings nannte uns einen Landsmann, der Felipe vor ungefähr zwei Wochen in London gesehen haben will – in Gesellschaft eines blonden, sehr gutaussehenden Engländers. Josés Landsmann ist inzwischen wieder nach Südamerika abgedampft, so daß wir nichts Näheres darüber erfahren können."

Miss Silver strickte eifrig. Ihre Nadeln klapperten. Sie war ganz in ihre Handarbeit vertieft, aber Frank wußte aus Erfahrung, daß ihr kein Wort entging.

„Ich hörte gestern zum erstenmal davon. Der Chief hielt mir einen längeren Vortrag über Empfehlungsschreiben im allgemeinen und das von José Cardozo im besonderen. José war dann noch einmal bei ihm. Er hatte seinen Bruder gefunden. Um genau zu sein, Felipe wurde aus dem Fluß gefischt. Er war schon drei Wochen tot. José identifizierte ihn. Dem Gerichtsmediziner zufolge hat er einen Schlag auf den Hinterkopf bekommen. Vielleicht fiel er deshalb ins Wasser, vielleicht ist er aber auch zuerst ins Wasser gekippt und hat sich dabei dann gestoßen. Jedenfalls war das nicht die Todesursache. Er ist ertrunken."

Frank wartete, und als Miss Silver keinen Kommentar abgab, erzählte er weiter.

„José schwor, sein Bruder sei ermordet worden. Ich sprach mit ihm. Er redete ziemlich wirr von einer Menge Geld, um die es ging, und von einem ‚wichtigen Familiendokument', auf das es der Mörder abgesehen hatte. ‚Eine Schlange hat Felipe an seinem Busen genährt!' rief er leidenschaftlich. ‚Sie hat sich in sein Vertrauen geschlichen und ihn dann beraubt und ermordet!' Er redete noch mehr in dieser Art, bis ich endlich dazu kam, ihn zu fragen, wie er zu dieser Ansicht kam. Was dann losbrach, hätten Sie erleben sollen!"

Miss Silver unterbrach ihre Arbeit für einen Moment und sagte lächelnd: „Sie machen mich neugierig, Frank."

„Er warf die Arme hoch und überflutete mich förmlich mit Worten. Ansicht?? Tatsachen!! Felipe hatte – sagte José – ein treuherziges, gutmütiges Naturell. Er liebte die Schlange wie seinen Bruder, und wen er liebte, dem vertraute er. Aber José durchschaute die Schlange. Er warnte Felipe, und sie stritten sich. Das alles geschah in Rio. Und nun war es für José sonnenklar, daß die niederträchtige Schlange seinen Bruder ermordet hatte. Und so weiter, und so weiter. Als er endlich wieder einmal Luft holen mußte, nahm ich die Gelegenheit wahr, ihn zu fragen, ob die Schlange denn auch einen Namen hätte. Nun, sie hatte einen."

Miss Silver hob den Blick von ihrem zartrosa Wollgebilde, hörte einen Moment auf zu stricken und sagte: „Alan Field."

Frank war verblüfft. „Haben Sie geraten, oder wissen Sie

schon wieder mal etwas?"

Miss Silver begann zu stricken und erwiderte sanft: „Ich habe die Bekanntschaft von Alan Fields Stiefmutter gemacht. Sie ist die Witwe von Penderel Field, dem bekannten Maler. Eine wirklich nette Frau. Sie erwähnte, ihr Stiefsohn sei an der Pferderanch eines gewissen Cardozo beteiligt gewesen."

„Wie gewöhnlich haben Sie recht. José nannte tatsächlich Alan Field. Natürlich wurden bei Felipe keinerlei wertvolle Dokumente gefunden. José identifizierte die Leiche und beschuldigte Field als Mörder. Der Hinweis seines Landsmannes auf einen gutaussehenden, blonden Engländer schien ihm zu genügen."

Miss Silver wiegte bedächtig den Kopf. „Die Beschreibung ist nicht sehr erschöpfend. Aber soweit sie reicht, trifft sie auf Alan Field zu."

Frank nickte. „Nun, das alles geschah gestern. Kommen wir zum heutigen Tag. Der Yard erfuhr ziemlich rasch von dem Mord an Field. Er war aus London nach Cliffton-on-Sea gekommen, deshalb bat die Ortspolizei um Informationen über eventuelle Kontakte. Ich stattete als erstes José Cardozo einen Besuch ab. Und was bekam ich zu hören? Er war schon früh am Morgen bei einer städtischen Polizeistation aufgekreuzt, weil er angeblich etwas Wichtiges vergessen hatte zu erwähnen. Er sagte, sein Bruder Felipe hätte einmal einen bösen Unfall gehabt und sich dabei das rechte Bein an mehreren Stellen gebrochen. Seines Wissens müsse sich das bei einer Obduktion feststellen lassen. Außerdem hätte er plötzlich Bedenken bekommen, ob er bei der Identifizierung der Leiche nicht doch etwas zu voreilig gewesen sei."

„Und? War es so?"

„Das ist eben die Frage. Der Gerichtsmediziner sagt, wenn Felipe Cardozo sich das Bein in der beschriebenen Weise gebrochen hatte, dann kann er unmöglich die angelieferte Leiche sein. Entweder war also José tatsächlich etwas zu voreilig, oder aber er hatte einen triftigen Grund, seine Aussage zurückzunehmen. Ein triftiger Grund wäre zweifellos die Ermordung von Alan Field."

Wieder wartete er auf Miss Silvers Kommentar, aber sie strickte ruhig weiter und sagte nur: „Ich möchte den Rest hören."

„Also, zuerst noch einmal die Fakten. Am Dienstag morgen identifiziert José Cardozo in London eine Wasserleiche als die seines Bruders Felipe. Er beschuldigt Alan Field. Am Mittwoch nacht wird Alan Field in einer Strandhütte in Cliffton-on-Sea erstochen. Am Donnerstag früh kommt José mit seiner Geschichte vom gebrochenen Bein zur Polizeiwache und bezeichnet sich selbst als etwas zu voreilig. Josés Gedankengang ist unschwer nachzuvollziehen. Wenn die Leiche gar nicht die seines Bruders war, dann konnte man ihm auch kein Motiv für den Mord an Alan Field unterstellen. Und José würde einfach weiter nach seinem Bruder Felipe suchen."

„Eine solche Erklärung wäre möglich", sagte Miss Silver. „Aber ich denke, Sie haben noch etwas mehr zu erzählen."

„Richtig. Erinnern Sie sich an Ernest Pearson?"

Miss Silver dachte einen Moment nach. „Schmächtig, gebeugt, schütteres Haar, braune Augen und hohle Wangen?"

Inspektor Abbott lachte. „Ein hervorragendes Porträt! Dann erinnern Sie sich sicher auch, bei welcher Gelegenheit wir ihm begegnet sind."

Miss Silver nickte. „Im Porlock-Fall, wo er sich als Angestellter einer Detektivagentur entpuppte."

„Genau. Detektivagentur Blake. Die Leute genießen den besten Ruf. Nun, als ich aus der Polizeistation kam, stieß ich direkt mit Pearson zusammen. Diesmal war es kein Zufall. Er hatte gehört, welchen Fall ich gerade bearbeitete, und wartete auf mich."

„Machen sie es nicht so spannend, Frank."

Inspektor Abbott lachte. „Es wird gleich noch spannender. Wir gingen ein Stück zusammen, und er hielt eine längere Vorrede darüber, daß Blake sich nur mit seriösen Fällen beschäftige, sonst würde er selbstverständlich nicht dort arbeiten. Er habe Schweigepflicht im Interesse seiner Auftraggeber und würde sich gewissenhaft daran halten. Aber er wisse auch, welche Pflichten er dem Staat gegenüber habe, besonders wenn es sich um einen Mordfall handle. Und so weiter. Schließlich rückte er damit heraus."

Miss Silvers Nadeln klapperten. „Nun sagen Sie schon, womit."

Frank lehnte sich zurück und genoß es mit sichtlichem Vergnügen, seine Information in die Länge zu ziehen. Es machte ihm immer wieder Spaß, sich mit Miss Silver zu unterhalten. Sie hatte eine schnelle, stets wache Intelligenz, der so leicht nichts entging.

„Eine höchst überraschende Story. José Cardozo hatte Pearson engagiert, um einen gewissen Alan Field zu beschatten, der soeben nach dreijähriger Abwesenheit in England eingetroffen war. In der Agentur Blake existierten bereits Unterlagen über Field. Ehe er nach Südamerika verschwand, war die Agentur von einem eifersüchtigen Ehemann beauftragt worden, Field zu beobachten. Die Agentur schickte Pearson. Die Sache verlief im Sand, aber Pearson machte bei dieser Gelegenheit einige andere Beobachtungen. So zum Beispiel erinnerte er sich an eine Adresse, die Field seinerzeit häufig aufgesucht hatte. Es war die Stadtwohnung seiner Stiefmutter, Esther Field."

„Bis hierher sehe ich nichts Bemerkenswertes", kommentierte Miss Silver lächelnd, obwohl sie bereits ahnte, was kommen würde.

„Ich registriere verwundert, daß Sie zur Ungeduld neigen", gab Frank lächelnd zurück. Er wußte sehr genau, daß sie bereits ein halbes Dutzend Möglichkeiten durchdacht hatte. „Aber jetzt kommt's. Am Mittwoch früh marschierte Pearson also zu der Adresse und erfuhr, daß Alan Field dagewesen war und seinerseits erfahren hatte, daß seine Stiefmutter sich in Cliffton-on-Sea aufhielt. Pearson ist ein wahres Genie, wenn es darum geht, aus verschwiegenen Leuten Informationen herauszuholen. Er bezeichnete Mrs. Fields Haushälterin als ‚reputierliche Person', ein Ausdruck, der auch auf ihn selber paßt. Selbstverständlich gab Pearson die Information weiter – an José Cardozo, seinen Auftraggeber. Ihnen, liebe Miss Silver, brauche ich wohl nicht zu erklären, was das bedeutet. José wußte seit dem frühen Mittwoch nachmittag, wo Alan Field zu finden war. Zeit genug, sich in den Zug zu setzen oder in ein Auto, nach Cliffton-on-Sea zu fahren, auf eine passende Gelegenheit zu warten und Alan Field zu ermorden ..."

18

Miss Silver strickte hingebungsvoll und schien es mit einer Antwort nicht eilig zu haben. Nachdem sie vierundzwanzig Stunden mit Alan Field unter einem Dach gewohnt hatte und außerdem das Vertrauen seiner Stiefmutter besaß, mußte sie bereits eine ziemlich klare Vorstellung von den Verhältnissen haben. Frank fragte sich nur, wieviel davon sie ihm verraten würde.

„Ich überlege gerade", sagte sie schließlich langsam, „was ich tun soll. Ich habe offiziell nichts mit dem Fall zu tun und kann der Polizei nichts Konkretes erzählen. Andererseits gibt es da gewisse Hintergründe, die Sie ohnehin bald erfahren. Weshalb also nicht von mir..."

„Das denke ich auch", sagte Frank.

Sie gab keine direkte Antwort. „Eine schuldige Person, die sich in Ausflüchte und Widersprüche verstrickt, ist übel dran. Ausflüchte und Widersprüche können aber auch einen schlimmen Verdacht auf Unschuldige lenken. Was diesen Fall so schwierig macht, ist die Tatsache, daß nicht nur Verbrecher einen Grund haben, das Licht zu scheuen."

Frank kam plötzlich ein Vers von Owen Seaman in den Sinn: ‚Er liebte das Dunkel, denn dunkel waren seine Taten; er scheute den Segen des Lichts...'

„Viele Menschen haben irgend einen Punkt in ihrem Leben, an den sie nicht gern rühren. Sie würden es nicht ertragen, solche Dinge offenbaren zu müssen. Wenn sie aber erst einmal in einen Mordfall verwickelt sind, müssen sie befürchten, daß ihre privaten Angelegenheiten schonungslos durchleuchtet werden. Sie haben Angst davor. Und diese Angst mag den Anschein von Schuld erwecken."

Der Inspektor nickte. „Das haben wir schon oft erlebt."

„Ich hoffe, Sie erinnern sich zu gegebener Zeit daran. Aber nun lassen Sie erst einmal hören, in welcher Eigenschaft sie hier sind."

Er lachte. „Den Job verdanke ich Pearson. Als ich dem Chief von der Begegnung berichtete, rief er Maynard Wood, den hiesigen Chefkonstabler an. Die beiden kamen überein, daß ich den Fall in die Hand nehmen sollte. Und nun spannen Sie mich nicht länger auf die Folter!"

Miss Silver rollte bedächtig ihre zartrosa Wolle auf. „Wieviel wissen Sie bereits?"

„Nicht viel. Ich habe das Protokoll von Colt gelesen über die Vernehmung auf Cliff Edge. Morgen werde ich mich selbst noch einmal mit den Leuten unterhalten. Kennen Sie sie?"

„Ja, ein wenig. Miss Anning ist mit den Fields von früher bekannt, wie ich schon sagte. Ich half Mrs. Field mit ihrem Strickzeug – ich fürchte, sie ist nicht sehr begabt darin. Und während wir am Strand saßen, lernte ich die anderen Bewohner des Hauses kennen."

„Ich vermute, das Haus gehört nicht ihr?"

„Nein. Es gehört dem Mann ihrer Nichte, Major Hardwick. Er war verreist und kam erst gestern abend zurück – wenige Stunden vor dem Mord."

„Und wie gut kannten die Hardwicks diesen Alan Field?"

„Mrs. Hardwick ist zusammen mit ihm aufgewachsen. Sie ist seit ihrem zwölften Lebensjahr Waise. Mrs. Field und ein anderer Gast des Hauses, Colonel Trevor, hatten die Vormundschaft. Beide sind ihr sehr zugetan. Vor drei Jahen war sie mit Alan Field verlobt. Aber er verließ plötzlich das Land."

Frank zog eine Augenbraue hoch. „Aus einem bestimmten Grund?"

„Nicht daß ich wüßte. Er ging einfach fort und kam erst jetzt zurück. Die Fields hatten Freunde hier in der Gegend, und es gab eine Menge Gerede. Die junge Braut soll am Hochzeitstag vergeblich auf ihren Bräutigam gewartet haben."

Frank lachte. „Nach all den Jahren, die wir uns kennen, überraschen Sie mich noch immer! Sie sind kaum zwei Wochen hier, und schon kennen Sie jedermanns Familiengeschichte."

„Das ist stark übertrieben", widersprach Miss Silver lächelnd. „Die Annings sind alte Freunde von Mrs. Field. Und zwei Tage nach meiner Ankunft hier begann ich damit, Mrs. Anning nach dem Dinner ein wenig Gesellschaft zu leisten. Das Leben einer Kranken ist nicht sehr abwechslungsreich."

Er nickte. „Mrs. Hardwick wurde also am Hochzeitstag sitzengelassen, und niemand weiß, warum. Wann hat sie Hardwick geheiratet?"

„Etwa drei Monate später."

„Und sie sah Alan Field nicht wieder, bis er am Dienstag plötzlich hereinspazierte. Haben Sie eine Ahnung, wie sie darauf reagiert hat?"

„Mrs. Field erwähnte, sie seien alle sehr überrascht gewesen."

„Erzählen Sie mir von Mrs. Hardwick. Wie ist sie?"

„Nun – charmant, sensibel und ziemlich still. Ungefähr vierundzwanzig oder fünfundzwanzig."

„Glücklich verheiratet?"

„Ich wüßte keinen Grund, etwas anderes anzunehmen. Allerdings kenne ich Major Hardwick noch nicht."

„Und der Rest der Hausbewohner?"

„Da wäre zunächst einmal Colonel Trevor mit seiner Frau, außerdem Lady Castleton. Sie sind alte Freunde von Mrs. Field und kennen Carmona Hardwick seit ihrer Kindheit. Der Colonel ist ein begeisterter Gärtner. Seine Frau benimmt sich leidlich albern und hat eine Vorliebe für uralte Skandalgeschichten. Lady Castleton war eine umschwärmte Schönheit und sieht auch heute noch hervorragend aus. Sie sitzt in verschiedenen Ausschüssen der Konservativen und hat alle möglichen Ehrenämter inne. Dann ist seit Mittwoch noch Mrs. Maybury da, ein sehr hübsches junges Ding. Ich glaube, sie ist mit Carmona Hardwick zur Schule gegangen."

Frank nickte. „Ihr Mann ist Bill Maybury, nicht wahr? Eine meiner entfernten Cousinen ist mit einem Mann verheiratet, der mit Bill Maybury im gleichen Regiment war. Jeder scheint ihn zu mögen, und seine Freunde denken, daß er von seiner Frau ganz schön an der Nase herumgeführt wird. Aber Jenny, meine Cousine, sagt, es sei nichts Ernsthaftes dahinter. Mich würde nur interessieren: Gibt es zwischen ihr und Alan Field eine alte Verbindung?"

„Ich glaube, sie kennen sich alle von früher. Wie gut, kann ich allerdings nicht sagen."

„Wäre es nicht denkbar, daß er sie ebenso sitzenließ wie Mrs. Hardwick oder Miss Anning?"

„Ich habe nicht die kleinste Andeutung darüber gehört."

Frank ließ sich die drei letzten Namen, die er erwähnt hatte, noch einmal durch den Kopf gehen. „Miss Anning ... Haben Sie eine Ahnung, wie die Sache mit Field auseinanderging? Drei Jahre sind natürlich eine lange Zeit, aber verschmähte Frauen haben die besondere Eigenschaft, sich ewig darüber zu kränken, nicht wahr? Mrs. Hardwick hat geheiratet – Miss Anning nicht, Und sie sieht wirklich aus, als hätte sie eine Hölle durchgemacht. Wie hat sie auf Fields Rückkehr reagiert?"

Miss Silver antwortete nicht. Nach einer kleinen Pause brachte sie die Rede wieder auf José Cardozo und wollte wissen, ob es irgendwelche Anhaltspunkte für seine Anwesenheit in Cliffton-on-Sea zum Zeitpunkt des Mordes gab.

„Nichts Sicheres", erwiderte Frank Abott. „Ein Mann, der Ausländer zu sein schien, kam ungefähr um halb elf in die ‚Fisherman'-Bar. Er hatte eine Frau dabei, die ebenfalls ausländisch wirkte. Sie nahmen einige Drinks und gingen wieder. Colt trieb jemand auf, der um die gleiche Zeit aus dem ‚Fisherman' kam und die beiden in einem Wagen wegfahren sah. Ich wüßte nicht, weshalb Cardozo ein Mädchen mitgebracht haben sollte – es kann genausogut ein anderer Fremder gewesen sein. Jedenfalls ist Colt auf eine bloße Vermutung angewiesen. Er meint, Cardozo könnte im Wagen auf Field gewartet haben, weil er mit ihm verabredet war. Wenn das stimmen würde, müßte José vorher mit Field Kontakt aufgenommen haben. Von einem Telefonanruf ist aber nichts bekannt, das hat Colt bereits überprüft."

Miss Silver schaute nachdenklich hoch. „An einem so wunderschönen Abend hat Field es vielleicht nicht im Haus ausgehalten. Damit könnte Cardozo gerechnet haben."

„An einem so wunderschönen Abend wäre ein in Sichtweite des Hauses wartendes Auto vermutlich aufgefallen", widersprach Frank.

Miss Silver schwieg einen Moment, dann sagte sie sanft: „Wenn wir also von der Voraussetzung ausgehen, daß vor dem Mord eine Unterhaltung stattgefunden hat, dann wohl nach Einbruch der Dunkelheit."

Frank zuckte die Schulter. Möglich – aber im Augenblick halfen ihm solche Überlegungen nicht weiter. Die einzige, die vielleicht wissen konnte, ob jemand mit Alan Field Kontakt aufgenommen hatte, war Marie, das französische Mädchen. Hinter ihren Namen hatte Colt ein Fragezeichen gesetzt. Er war gewiß ein brauchbarer Polizist, aber Frank bezweifelte, ob er mit Frauen umgehen konnte. Rasch sagte er: „Das Mädchen, das mich reingelassen hat – ich würde mich gern mit ihr unterhalten. Aber verraten Sie mir zuerst, welchen Eindruck sie auf Sie macht."

Miss Silver überlegte einen Moment. Dann antwortete sie vage: „Mrs. Anning hält sie für nicht vertrauenswürdig."

19

Als Marie Bonnet hereinkam, machte sie einen eher schüchternen Eindruck. Irgend etwas an ihr wirkte unecht, und Frank Abbott bedauerte, daß er Miss Silver hatte gehen lassen. Zu seinem Erstaunen hatte sie ihr Strickzeug zusammengerollt und erklärt, es gäbe keinen einleuchtenden Grund für ihre Anwesenheit bei der Vernehmung. Sie hatte das noch nie zuvor gemacht, und er wußte nicht recht, was er davon halten sollte.

Marie war nicht hübsch zu nennen, verstand es aber, auf sich aufmerksam zu machen. Frank hatte genügend Cousinen, um bestimmte Signale richtig zu deuten. Die teueren Strümpfe zum Beispiel und die aparten Schuhe, die in sein Blickfeld rückten, als Marie sich setzte und die Beine übereinanderschlug. Sie hielt die Augen gesenkt, während er sprach.

„Mademoiselle Bonnet, Sie haben natürlich gehört, daß Mr. Field ermordet wurde."

„Aber ja – le pauvre m'sieur!"

„Nachdem Mr. Field hier wohnte, verstehen Sie sicher, daß ich Ihnen ein paar Fragen stellen muß."

„Aber ja, m'sieur." Ihre Stimme war weich und drückte Bereitwilligkeit aus.

„Wann ist Mr. Field angekommen?"

„Dienstag abend – 'alb sieben oder sieben. Er geht direkt zu Miss Anning, er ist ein alte Freund."

„Woher wollen Sie das wissen?"

Sie machte eine unwillige Handbewegung. Ihre Nägel waren sorgfältig manikürt und lackiert. „Das – merkt man..."

„Er blieb zum Dinner nicht im Haus?"

„Nein. Er war eingeladen auf Cliff Edge, wo er Freunde 'at. Aber am anderen Tag war er zum Dinner 'ier. Und dann erstischt ihn jemand – le pauvre m'sieur!"

„Bleiben wir mal bei Mittwoch abend. Haben Sie Mr. Field vorher schon gekannt?"

„Aber nein, m'sieur!"
„Oder von ihm gehört?"
„Aber nein, m'sieur!"
„Wie haben Sie dann gleich am ersten Abend gemerkt, daß er und Miss Anning alte Freunde waren?"

Sie schaute verwirrt hoch. Dann lächelte sie und sagte: „Das ist sehr einfasch, m'sieur. Man merkt es eben, wie isch sagte. Außerdem kam isch am Büro vorbei, als sie mit ihm redete. So redet man nischt mit Fremde."

Sein forschender Blick machte sie etwas nervös. Er hatte blaue Augen; blaue Augen konnten lächelnde Augen sein oder fröhliche, aber seine wirkten wie eisgekühlt. Und zu allem Überfluß sagte er mit einer Stimme, die ebenso kühl war wie seine Augen: „Sie haben gelauscht."

„Aber nein, m'sieur! So etwas würde isch nie tun!"

Jetzt lächelte er, aber es lag wenig Liebenswürdigkeit darin. „Gut. Sagen wir ‚zufällig zugehört'. Können Sie mir erklären, wie man durch diese massive Tür ‚zufällig' etwas hören kann?"

„Isch sage nischt, daß die Tür geschlossen war! 'ätte isch sonst 'ören können, was Miss Anning sagte?"

„Was sagte Miss Anning denn?"

An ihrem heftigen Atem erkannte er, daß sie ärgerlich wurde.

„Warum soll isch Ihnen erzählen, wenn Sie sowieso an mein Wort zweifeln?"

Die Erregung verstärkte ihren Akzent. Ihre Wangen röteten sich, und die Lider flatterten häufiger auf und ab. Er reizte sie absichtlich. Aus Erfahrung wußte er, daß man einer wütenden Frau die Wahrheit leichter entlocken konnte. Und

Marie wurde offensichtlich allmählich wütend.

„Ist es Lüge, wenn man nischt sofort alles sagt? Ist das Lüge, frage isch Sie? Gut, Sie werden 'ören. Und wenn Sie mir nicht glauben, es ist nischt mein Fehler, sondern Ihr Dummheit! Dienstag abend isch kam in die 'alle, als Mrs. Burkett 'ier in dies Büro wollte, wo Miss Anning mit Mr. Field war. Sie öffnet die Tür und zuckt zurück. Denn Miss Anning redet in ein Ton wie jemand, der gern eine Messer in die 'and 'ätte. Sie wollen 'ören, was sie sagte? Gut. Es erschreckt misch, und es erschreckt Mrs. Burkett. Seit diese Augenblick weiß isch, daß Miss Anning und Mr. Field nicht Fremde sind. So redet man nischt zu ein Fremder. So redet man vielleicht zu ein Ehemann oder ein Lieb'aber. Und isch denke nischt, daß Mr. Field der Ehemann von Miss Anning ist..."

„Mademoiselle Bonnet, ich würde gern wissen *was* Sie Miss Anning sagen hörten."

„Sie sagt... Isch bin nischt die einzige, die es 'ört, m'sieur! Mrs. Burkett 'ört es ebenfalls – die Nischte von die alte Miss Silver. Und Miss Anning sagt: ‚Dafür könnte isch disch umbringen!'"

Für einen Sekundenbruchteil entdeckte er so etwas wie Triumph in ihren Augen, dann schlug sie den Blick nieder. Er zweifelte nicht daran, daß sie die Wahrheit sprach. Und nun wurde ihm auch klar, weshalb Miss Silver sich so rasch zurückgezogen hatte. Er erinnerte sich an ihre Ansichtskarte. ‚Ethel und ich genießen die Seeluft. Sie reist Mittwoch ab, aber ich bleibe noch...' Ethel war Mrs. Burkett – Miss Silvers Lieblingsnichte.

Frank schaute Marie Bonnet kühl an und sagte: „Es ist sicher schwierig, auf eine solche Bemerkung die richtige

Antwort zu geben. Haben Sie zufällig auch gehört, was Mr. Field darauf erwiderte?"

„N-nein. Es geht alles so schnell. Mrs. Burkett öffnet die Tür, isch 'öre Miss Anning sagen ‚dafür könnte isch disch umbringen', dann murmelt Mrs. Burkett ein Entschuldigung und schließt die Tür wieder."

Frank dachte einen Moment nach. Bestimmt hatte Ethel Burkett ihrer Tante berichtet, was geschehen war. Die Geschichte des Mädchens wäre leicht zu überprüfen. Aber weshalb hatte sie sie überhaupt erzählt? Um sich wichtig zu machen? Nein, dazu paßte ihr Verhalten nicht. Ihr Motiv war Bosheit, die sich nur schlecht verbergen ließ. Hegte sie eine Abneigung gegen Miss Anning?

Scharf sagte er: „Weshalb hassen Sie Miss Anning?"

Marie riß in unschuldiger Verwunderung die Augen auf. „Aber m'sieur..."

„Ja, ja, ich weiß., Sie hassen sie nicht im geringsten, Sie haben nicht die leiseste Ahnung, wovon ich spreche. Aber sie mögen sie nicht besonders, stimmt's? Ist sie sehr streng? Unfreundlich? Oder verständnislos, wenn es um kleine ‚Verdienstaufbesserungen' geht? Sie brauchen keine Angst zu haben, daß ich es ihr verrate. Ich kann mir vorstellen, daß Sie es nicht leicht mit ihr haben."

Diesmal fiel sein Lächeln freundlicher aus, und Marie lächelte ebenfalls. Dann schlug sie die Augen nieder und sagte: „Sie ist meine Chefin. Warum soll isch sie 'assen?"

„Wie lange sind Sie schon hier?"

„In England? Zehn Jahre. In diese 'aus vier Monate. Die Bezahlung ist gut. Wenn isch genug Geld gespart 'abe, isch gehe zurück in mein 'eimat."

Frank überlegte. Ihm fiel Miss Silvers kuriose Antwort ein: „Mrs. Anning hält sie für nicht vertrauenswürdig." *Mrs.* Anning. Also war sie es, gegen die sich Maries Bosheit richtete.

„Wie schön", bemerkte er leichthin. „Sagen Sie, ist es möglich, daß Miss Anning *Sie* nicht mag?"

Marie machte eine erstaunte Miene. „Sie 'ätte keinen Grund. Isch tue mein Arbeit, und sie ist froh, daß isch 'ierbleibe. Nischt jede würde bleiben – isch 'abe ihr das gesagt. Sie sagt: ‚Meine Mutter ist alt und krank, sie meint es nischt so.' Aber isch sage ihr, sie ist nischt so alt und so krank, daß sie mit diese Ton sagen darf: ‚Das fremde Mädchen – diese Ausländerin – diese Französin!' Muß isch misch schämen, daß isch Französin bin?! Und sie sagt, isch lausche an die Tür! Muß isch an die Tür lauschen, um zu hören: ‚Schick sie weg, isch mag sie nischt, diese Ausländerin'?"

„Also ist es *Mrs.* Anning, die Sie nicht leiden kann. Und Sie mögen Mrs. Anning ebenfalls nicht, Sie hassen sie...

Marie lächelte zweideutig. Ihr Ärger war verflogen. „Aber m'sieur – warum soll isch 'assen ein alte, verrückte Frau?"

20

Als Frank das kleine Büro verließ, beschloß er, noch einmal in den Aufenthaltsraum zu gehen. Einerseits erforderte es die Höflichkeit, daß er sich von Miss Silver verabschiedete, andererseits hätte er auch gern Ethel Burketts Version zu der

Geschichte von Marie Bonnet gehört.

Inzwischen hatten sich noch mehr ältere Damen eingefunden. Das plötzliche Schweigen bei seinem Eintreten verriet ihm, daß sie von dem Mord gesprochen hatten und wußten, daß er Kriminalbeamter war.

Er schlug Miss Silver einen abendlichen Spaziergang zu den Klippen vor, und sie stimmte erfreut zu; sie schätzte die Abkühlung in den Abendstunden sehr. Frank ließ sich in die Halle hinauskomplimentieren und wartete geduldig, bis sie eine Jacke und ihren unvermeidlichen Hut geholt hatte. Diesmal war es ein schwarzes Strohgebilde, das üppig mit lila Seidenblumen verziert war.

Während sie zu einem Aussichtspunkt wanderten, der einen herrlichen Blick über die ganze Bucht freigab, sprachen sie wenig. Einmal zitierte Miss Silver eine Zeile ihres Lieblingsdichters Lord Tennyson, und Frank bemerkte dazu: „Es ist ein Jammer, daß wir uns an einem solchen Abend nicht mit Poesie beschäftigen, sondern mit profanen Verbrechen. Aber die Pflicht ..."

Miss Silver überhörte sein diskretes Drängen und führte ihn zu einer Bank, auf der sie sich niederließen, um den Ausblick zu genießen. Nach einer Weile entschloß sich Frank zu einem frontalen Vorstoß.

„Diese Marie Bonnet scheint einen Groll gegen die Annings zu haben. Ich bin überzeugt, ich hätte die Wahrheit nicht erfahren, wenn sie es nicht so gewollt hätte. Und ich denke, es ist die Wahrheit. Andererseits ist da eine gewisse Ausschmückung, und ich wüßte gern, ob Ihre Nichte Ethel den gleichen Eindruck hatte."

Als Miss Silver nicht reagierte, fuhr er fort: „Wenn ich

richtig informiert bin, platzte Mrs. Burkett in ein Gespräch zwischen Miss Anning und Alan Field. Und sie hörte Miss Anning sagen: ‚Dafür könnte ich dich umbringen!' Ich gehe doch nicht fehl in der Annahme, daß Mrs. Burkett Ihnen davon erzählt hat?"

Miss Silver antwortete noch immer nicht. Deshalb sagte Frank: „Ich will die Glaubwürdigkeit einer Zeugin überprüfen. Sie wissen, wie wichtig das ist,"

Nach einer weiteren Schweigeminute wandte sich Miss Silver ihm zu. Er las einen Anflug von Unwillen auf ihrem Gesicht.

„Es ist nicht nötig, daß Sie mich darauf aufmerksam machen. Im Prinzip ist Maries Aussage korrekt."

Er nickte. „Das dachte ich mir. Ist es auch korrekt, daß Miss Anning ‚in einem Ton redete wie jemand, der gern ein Messer in der Hand hätte'?"

„Warum fragen Sie das mich? Ich möchte Sie daran erinnern, daß ich nicht dabei war." In ihrer Stimme schwang ein unüberhörbarer Tadel mit.

„Aber Ihre Nichte war dabei. Und ich bin überzeugt, sie hat Ihnen auch geschildert, welchen Eindruck Miss Anning auf sie machte. Vielleicht waren ihre Worte weniger dramatisch als die von Marie, aber ich möchte annehmen, daß Maries Aussage auch in diesem Punkt korrekt war."

„Miss Anning mag für einen Augenblick zornig gewesen sein. Niemand von uns kann wissen, ob er sie provoziert hat. Wie ich schon zu Ethel sagte, hat Miss Anning ein feuriges Temperament – auch wenn man es ihr meistens nicht ansieht. Ich denke, sie hat Alan Field seit ihrer Kindheit gekannt. Da hat ein solcher Ausspruch, aus einer momentanen Verärgerung heraus, nicht viel zu bedeuten."

„Nicht viel – oder sehr viel", erwiderte Frank Abbott. „Wenn eine Frau sagt, sie könne einen Mann umbringen, und sechsunddreißig Stunden später wird dann seine Leiche gefunden, dann kann man ihre Bemerkung nicht einfach als unbedeutend abtun. Würden Sie mir vielleicht verraten, weshalb Sie sich so für Miss Anning einsetzen?"

„Nun, ich wohne in ihrem Haus", erwiderte Miss Silver ungehalten.

Er lachte. „Ich könnte Sie an ein anderes Haus erinnern, in dem Sie wohnten, ohne daß Sie für den Besitzer einen Finger krumm gemacht hätten."

„Mein lieber Frank, welche Ausdrucksweise! Ich muß mich sehr über Sie wundern!"

Er ignorierte die Kritik und sagte: „Jedenfalls nehmen Sie Miss Anning auffallend in Schutz."

Miss Silvers Nacken versteifte sich. „Sie können voraussetzen, daß auch in einem Fall wie diesem mein Spürsinn durch persönliche Sympathien nicht beeinträchtigt ist."

„Aber Sie hätten mir nicht erzählt, was Mrs. Burkett mitgehört hat, wenn Marie Bonnet mich nicht informiert hätte."

„Vielleicht in diesem Stadium noch nicht", räumte Miss Silver ein.

„Ich wüßte zu gern, warum."

Sie ließ sich Zeit mit der Antwort. „Ich fühle mich nicht verpflichtet, darüber Rechenschaft zu geben. Aber ich möchte nicht, daß Sie falsche Rückschlüsse ziehen. Deshalb will ich es Ihnen sagen. Es gibt keine besonderen Gründe. Ich habe nur Mitleid mit einer Frau, die viel durchgemacht hat und die sich jetzt in einer peinlichen Situation befindet. Ich glaube, die geplatzte Verlobung mit Field hat ihr sehr zugesetzt. Seine Rückkehr muß alte Wunden aufgerissen haben, und sein plötzlicher Tod war ein weiterer Schock für sie."

„Sie schließen die Möglichkeit aus, daß sie ihn selbst erstochen hat?"

Miss Silver antwortete nicht, sondern stellte eine Gegenfrage: „Ist es richtig, daß bei der Leiche keine Mordwaffe gefunden wurde?"

„Ja, das stimmt. Der Täter hat die Mordwaffe wahrscheinlich ins Meer geworfen."

„Dann kann sie wieder freigespült werden. In der Bucht herrscht ein starker Sog."

Frank Abbott lachte. „Mir fällt gerade auf, daß ich ‚er' gesagt habe. Aber ich stelle fest, daß Sie meine Frage von vorhin nicht beantwortet haben."

„Welche Frage?"

„Ob Sie die Möglichkeit ausschließen, daß Miss Anning ihn höchstpersönlich erstochen hat."

„Für eine solche Vermutung gibt es keinen einleuchtenden Grund."

„Sie hatte immerhin ein starkes Motiv."

„Das trifft sicher auch auf eine Reihe anderer Leute zu. Auf José Cardozo zum Beispiel."

„Gewiß. Ich verdächtige Miss Anning ja auch nicht unbedingt. Ich wundere mich nur, daß Sie so tun, als käme sie überhaupt nicht in Frage."

Schweigend schaute Miss Silver auf die Bucht hinaus, ganz vertieft in den letzten Schimmer der untergegangenen Sonne über dem Horizont. Nach einer Weile sagte sie: „Ich bin mit

Field nur sehr flüchtig zusammengetroffen. Er schien mir ziemlich stark mit seinen eigenen Angelegenheiten beschäftigt. Sein Charme war bemerkenswert, aber ich hatte den Eindruck, daß er ihn ganz bewußt und gezielt einsetzte. Gegenüber Miss Anning und Mrs. Hardwick zum Beispiel hat er sich alles andere als charmant benommen. Und Mrs. Field erwähnte, daß er sie – nicht zum erstenmal – hartnäckig um Geld angegangen hatte. Sie war so tief bekümmert, daß ich mich frage, ob er seiner Forderung nicht ... sagen wir mal ‚Nachdruck' verliehen hat."

Frank pfiff leise durch die Zähne. „Meinen Sie Erpressung?"

„Es würde zu ihm passen. Und in diesem Fall hätten wohl etliche Leute gute Gründe, ihn aus dem Weg zu schaffen ..."

21

Zeitig am nächsten Morgen erschien Frank Abbott in Cliff Edge, um mit den Hardwicks, ihren Gästen und dem Personal zu sprechen.

Später ging er die Namen mit Inspektor Colt noch einmal durch. „Eine höchst merkwürdige Gesellschaft", kommentierte er. „Eine gewisse Aufregung scheint mir zwar natürlich, besonders wenn der Mörder unter Umständen im engeren Freundes- oder Familienkreis vermutet werden könnte. Aber irgend etwas stimmt da nicht ganz."

Colt nickte zustimmend. „Fangen wir mit Mrs. Field an.

Sie hing sehr an ihrem Stiefsohn – hat ihn nach allen Regeln der Kunst verwöhnt."

„An sie denke ich eigentlich weniger", sagte Frank. „Eine nette, harmlose Frau, geschockt vom Tod ihres geliebten, mißratenen Stiefsohns – mit einem winzigen Anflug von Erleichterung, der ihr wahrscheinlich gar nicht bewußt ist. Die Trevors wiederum scheinen alles andere als betrübt zu sein. Er macht nicht den geringsten Hehl daraus, daß der zivilisierten Welt mit dem Taugenichts Field nichts verlorengegangen ist. Und sie quasselt immerzu darüber, was für ein hübscher Junge Field war, verschwendet aber keine weiteren Gefühlsregungen daran. Im Gegensatz zu Mrs. Field, Carmona und James Hardwick und – seltsam genug – Lady Castleton und Pippa Maybury."

„Die Hardwicks kann ich verstehen", bemerkte Colt. „Die Sache ist schließlich in ihrer Strandhütte passiert."

Frank nickte. „Am meisten irritieren mich Lady Castleton und Pippa Maybury. Sie haben Field, wie alle anderen auch, drei Jahre lang nicht gesehen. Sie kannten ihn nicht besser als jeden beliebigen anderen Mann aus ihren Kreisen. Nehmen wir Lady Castleton. Ich denke, so leicht wirft sie nichts um. Schönheit, Geld, Position – sie hat immer alles besessen, was sie sich wünschen konnte. Sie hält Reden, gibt Interviews, leitet Diskussionen, ist kühl bis in die Fingerspitzen. Ich kann mir nicht vorstellen, weshalb der Tod von Field sie so aus dem Gleichgewicht bringen sollte."

„Damen der Gesellschaft entwickeln mitunter eine eigenartige Vorliebe für gutaussehende junge Männer", warf Colt ein.

Frank schüttelte den Kopf. „Nein. Sie ist nicht der Typ

dafür. Ich hatte auch nicht den Eindruck, daß es Kummer ist, was sie belastet. Sie scheint vielmehr unter einer starken Spannung zu stehen. Nun, vielleicht fürchtet sie nur eine ungünstige Publicity ... Dann Mrs. Maybury. Hübsch, flatterhaft und vergnügungshungrig., Ich habe schon eine Menge Klatsch über sie gehört. Sie hat das Glück, mit einem soliden, gutmütigen Mann verheiratet zu sein, der ihr ihren Willen läßt. Der Mord scheint sie ziemlich geschockt zu haben. Das paßt irgendwie nicht ganz zu ihr. Nicht einmal Mrs. Hardwick, die immerhin Field mal heiraten wollte, war so erregt."

Als sie die Aussagen der Leute von Cliff Edge durchgesprochen hatten, sagte Colt: Wir haben übrigens einen Hinweis auf den Wagen des Ausländers, der am fraglichen Abend im *Fisherman* war. Der Zeuge, der ihn wegfahren sah, hatte ein Mädchen bei sich. Zuerst wollte er nicht damit herausrücken. Aber ich habe ihn mir noch einmal vorgenommen. Er gab mir ihre Adresse. Sie sagt, der Mann sei mit Sicherheit Ausländer gewesen; sie hörte ihn reden. Das Mädchen sah nur so aus. Gesprochen hat sie nicht. Der Zeugin fiel die Autonummer auf, weil drei Dreier darin vorkamen, außerdem eine weitere Nummer, an die sie sich nicht erinnert. Bei den Buchstaben ist sie ebenfalls nicht sicher. Aber sie meint, es sei ein ‚O' dabeigewesen. Ich denke, Ihre Leute können bestimmt feststellen, ob Cardozo einen Wagen fährt."

Frank überlegte einen Augenblick. Es war nicht ausgeschlossen, daß Ernest Pearson darüber Bescheid wußte. Und wenn ja, so war er genau der Typ, der sich automatisch das Kennzeichen eines Wagens notieren würde. Die Schwierigkeit war lediglich, Pearson zu finden.

Aber er hatte Glück. Die Telefonistin in der Detektivagentur Blake konnte ihn sofort mit Pearson verbinden.

„Hallo, Pearson – hier spricht Inspektor Abbott. Können Sie mir vielleicht sagen, ob Cardozo einen Wagen fährt?"

Die Antwort kam wie aus der Pistole geschossen. „Gewiß, Sir. Er parkte vor der Tür, als ich den Auftrag entgegennahm. Ein kleiner Ford..."

„Ausgezeichnet – Sie hätten Detektiv werden sollen! Jetzt sagen Sie bloß noch, Sie haben auch die Nummer aufgeschrieben?"

„Selbstverständlich, Inspektor. Der Wagen war dunkelgrün mit schmalen, schwarzen Streifen. Das Kennzeichen ist OX–3339."

Frank bedankte sich lachend, legte auf, gab die Information an Colt weiter und fragte: „Hat Ihre Zeugin den Wagen beschrieben?"

„Klein und dunkel, das sagt auch ihr Begleiter. Es sieht so aus, als hätte Cardozo uns einiges zu erklären."

„Wir können ihn herbringen lassen, damit die beiden Zeugen ihn identifizieren. Wer sind sie übrigens?"

„Er ist bei der Eisenbahn und heißt Hosken. Sie arbeitet in einer Reinigungsanstalt. Ihr Name ist Doris Hale."

Frank sah auf die Uhr. „Wann geht der nächste Zug nach London? Ich fahre zurück. Wie Sie sagten, wird Cardozo uns eine Menge zu erklären haben..."

22

Im Büro des Superintendenten in Cliffton-on-Sea warf José Cardozo theatralisch die Arme hoch. Warum hatte man ihn hierhergeschleppt? Eine himmelschreiende Ungerechtigkeit! Was lag gegen ihn vor? Und wo, bitte, waren die Beweise?

Superintendent Phelps unterbrach den Wortschwall scharf. „Miss Hale und der junge Hosken haben Sie als den Mann identifiziert, der am Mittwoch abend aus dem *Fisherman* kam. Und inzwischen wissen wir auch, wer das Mädchen in Ihrer Begleitung war: Marie Bonnet – Hausmädchen in der Pension, in der Mr. Field wohnte. Sie hat bereits eine Aussage gemacht."

Cardozo sprang hoch und setzte sich wieder hin. Aus seinem Gesicht war plötzlich die Farbe gewichen. „Ich ... sie ... ihre Aussage muß beweisen, daß ich unschuldig bin! Sie war bei mir! Ist das verboten? Gut, ich will Ihnen die Wahrheit sagen. Ich will keine Schwierigkeiten haben, ich sage alles!" Allmählich kehrte die Farbe in sein Gesicht zurück.

„Das möchte ich Ihnen auch geraten haben!" sagte Phelps streng.

Inspektor Colt hatte die Protokolle von Doris Hale, Hosken und Marie Bonnet vor sich liegen und wartete gespannt.

Frank Abbott hingegen blieb gelassen. Ruhig beobachtete

er José Cardozo, der sich vergeblich bemühte, seine Nervosität zu unterdrücken, während er seine Geschichte erzählte.

Er hatte nur seine Pflicht als Bruder und Bürger erfüllt. Hatte er doch, oder? Felipe war verschwunden. Hatte er nicht alles unternommen, ihn zu finden? War er nicht bei Scotland Yard gewesen? Er hatte eine Leiche identifiziert, und er war wiedergekommen, sobald er sich an etwas erinnert hatte, das vielleicht Zweifel aufkommen ließ. Was, gütiger Himmel, war daran falsch?

„Kommen wir lieber zur Hauptsache, zu Ihrem Auftauchen hier in Cliffton-on-Sea“, sagte Frank Abbott. „Wir wissen, daß Sie Field verdächtigten, etwas mit dem Verschwinden Ihres Bruders zu tun zu haben. Deshalb setzten Sie Pearson auf seine Spur. Von ihm erfuhren Sie am Mittwoch um die Mittagszeit, wo sich Field aufhielt. Sie fuhren also los und trafen am Mittwoch abend hier ein. Um welche Zeit?“

„Kurz nach neun“, erwiderte José kleinlaut. „Ich parkte den Wagen am Ende der Straße und suchte zu Fuß nach der Adresse. Aus einem der Häuser kam ein Mädchen. Es war das Haus, das ich suchte. Ich fragte sie nach Alan Field. Er war ausgegangen, und sie wußte nicht, wann er zurück sein würde. Ich bat sie, ihm eine Nachricht zu übermitteln, damit ich ihn am nächsten Morgen treffen konnte. Dann lud ich das Mädchen zu einem Drink ein – es war ihr freier Abend, und wir fuhren zum *Fisherman*. So war es, ich schwöre! Ist das ein Verbrechen?“

„Bis dahin nicht“, sagte Frank Abbott trocken. Er lehnte sich zu Colt hinüber und nahm das Protokoll von Marie Bonnet an sich. „Aber es war noch ziemlich früh am Abend. Nach dem gerichtsmedizinischen Befund hat Alan Field um diese Zeit noch gelebt. Was taten Sie also, nachdem Sie den *Fisherman* verlassen hatten?“

Schlagartig kehrte Josés Nervosität zurück. Bis hierher war alles gutgegangen, und er hatte sich schon in Sicherheit gewähnt. Nun aber hing alles davon ab, was Marie ausgesagt hatte. War sie so dumm, zu behaupten, er hätte sie um zehn Uhr nach Hause gebracht? Dann war er für die Mordzeit ohne Alibi – dann war er in höchster Gefahr!

Erregt sprang er hoch, fuchtelte wild mit den Armen und rief heiser: „Wie wollen Sie wissen, ob das Mädchen die Wahrheit gesagt hat? Wie kann ich beweisen, daß sie lügt? Ich kann Ihnen sagen, was wir gemacht haben. Und es ist die Wahrheit! Ist es meine Schuld, wenn Sie mir nicht glauben?“

Frank Abbott zog eine Augenbraue hoch. „Haben wir etwas Derartiges erwähnt? Setzen Sie sich bitte. Und erzählen Sie erst mal.“

José sank auf seinen Stuhl zurück. „Wir ... wir machten einen Spaziergang an den Klippen entlang. Das ist die Wahrheit! Wenn sie etwas anderes sagt, dann ...“

Frank Abbott warf einen Blick in das Protokoll und unterbrach Cardozos Redeschwall. „Warum regen Sie sich so auf? Marie Bonnet hat genau das gleiche gesagt.“

Cardozo atmete tief durch. Mit einem Schlag war sein Selbstvertrauen wieder vorhanden. „So ist es auch gewesen. Nur – manche Mädchen lügen, weil sie Ärger befürchten.“

„Ärger? Wegen eines Spaziergangs?“

Cardozo warf die Hände hoch. „Ist das so schwer zu verstehen? Sie hat eine strenge Chefin – sehr streng, sagt sie. Ausgang nur bis elf Uhr, comprende? Sie mußte um elf Uhr zurück sein.“

„Und? War sie um elf zurück?"

José drehte dramatisch die Augen zur Decke. „Natürlich nicht! Kennt man in England nicht den alten Trick? Ich brachte sie nach Hause, die Chefin schloß die Tür hinter ihr ab, und Marie wartete in ihrem Zimmer, bis Miss Anning schlafen ging. Dann kam sie durch die Terrassentür wieder heraus."

„Schön", sagte Frank Abbott. „Sie gingen also mit ihr spazieren. Und um welche Zeit war sie dann wirklich zu Hause?"

Cordozo grinste und zwinkerte mit dem linken Auge. „Ich habe eine romantische Seele, verstehen Sie? An einem so herrlichen Abend schaue ich wirklich nicht auf die Uhr!"

Abbott blätterte in Maries Protokoll und las: „Es war ein herrlicher Abend. Warum hätte ich auf die Uhr sehen sollen?"

23

Mrs. Rogers, die Halbtagshilfe, ließ sich auf die Knie nieder, um die Treppe einer gründlichen Reinigung zu unterziehen. Seit Tagen war hier nicht saubergemacht worden, obwohl ständig etwas Sand vom Strand heraufgetragen wurde. Aber was hätte sie machen sollen? Am Mittwoch hatte Mrs. Beeston ihr befohlen, Major Hardwicks Ankleidezimmer auf Hochglanz zu bringen, und am Donnerstag morgen, an diesem schrecklichen Donnerstag morgen, war überall im Haus die Polizei gewesen.

Es war ihr noch immer unbegreiflich, daß Mr. Field mitten in der Nacht zum Strand gegangen war, nur um sich umbringen zu lassen. Die Nacht war voller Gefahren. Aber war es nicht auch ein wenig seine eigene Schuld gewesen? Was mußte er den Schlüssel zur Hütte wegnehmen? Und ein wenig war es auch seine Schuld, daß sie sich auch am Freitag nicht um die Treppe gekümmert hatte. Zuerst war dieser vornehme Londoner Inspektor mit seiner BBC-Stimme gekommen, um ihren Namen in sein Notizbuch zu schreiben und sie allerlei zu fragen, was sie ohnehin nicht wußte. Und so war auch der Freitag verloren gewesen. Eine Schande, wie die Treppe nun aussah!

Entschlossen, begann Mrs. Rogers, den hübschen rotbraunen Treppenläufer zu bürsten und Sand und Staub mit einer großen, flachen Kehrschaufel aufzufangen. In diesem Augenblick sah sie den Fleck. Er hatte nahezu die gleiche Farbe wie der Teppich. Sie bürstete einige Male kräftig darüber, aber er ließ sich nicht entfernen. Kopfschüttelnd wandte sie sich der nächsten Stufe zu. Und hier entdeckte sie einen ähnlichen Fleck. Auch er hielt ihrer Bürste stand. Zwei Stufen tiefer fand sie den nächsten. Diesmal beugte sie sich hinunter, bis sie fast mit der Nasenspitze daraufstieß.

Ein plötzliches unangenehmes Gefühl in der Magengegend machte ihr jedes Detail ihres Frühstücks bewußt. Sie sprang hoch und eilte in die Küche, wo sie ein helles Tuch nahm, das sie in Wasser tauchte und auswrang.

Eine Minute später kniete sie wieder auf der Treppe und bearbeitete die bräunlichen Stellen. Das helle Tuch verfärbte sich, und im nächsten Augenblick stieß Mrs. Rogers einen schrillen Schrei aus, der im ganzen Haus zu hören war.

Es war noch nicht ganz halb neun, und die meisten Hausbewohner waren noch mit der Morgentoilette beschäftigt. Colonel Trevor, der sich gerade die Haare frottierte, kam aus dem Badezimmer geschossen. Pippa Maybury rannte in einem durchsichtigen Nachthemd, das keinen Zweifel an den Qualitäten ihrer Figur ließ, auf den oberen Flur hinaus. Adela Castleton hatte eine Schönheitsmaske aufgetragen und schien einem Geisterfilm entstiegen. James Hardwick war zur Hälfte rasiert, und Carmona schlüpfte, während sie aus dem Schlafzimmer rannte, noch rasch in ihr Kleid. Esther Field mühte sich vergeblich ab, ihre solide, übergroße Unterwäsche unter einem verhedderten Morgenrock zu verbergen.

Dieser Anblick bot sich Colonel Anthony, als er die Schwelle überschritt. Er war gerade an der Haustür angelangt, die zum Durchlüften der Halle offenstand, als der Schrei ertönte.

„Gott schütze mich!“ sagte er und preschte mutig vorwärts. Er war zwar nur gekommen, um aus gutem Grund zu früher Stunde ein ernstes Wort mit Major Hardwick zu reden. Aber wenn es unbedingt sein mußte, würde er sich auch in Gefahr begeben – noch war er nicht zu alt, und sein tägliches Training würde ihm zugute kommen.

Als Mrs. Rogers zum zweitenmal schrie, war der Colonel schon auf der Treppe, und als die Beestons aus dem Eßzimmer gehastet kamen, hatte er die kreischende Frau bereits erreicht. „Guter Gott, was haben Sie denn?“ schnarrte er.

Und James Hardwick, der sich noch rasch den Rasierschaum aus dem Gesicht wischte, sagte: „Mrs. Rogers! Was ist passiert?“

Sie war außerstande, eine vernünftige Antwort zu geben. Mit der Linken umklammerte sie Hardwicks Arm, in der Rechten hielt sie das rotverfärbte Tuch.

„Es ist Blut!“ japste sie schließlich. „Hier, auf der Treppe – sehen Sie doch!“

Carmona, leichenblaß im Gesicht, legte ihr den Arm um die Schulter, um sie zu beruhigen. Ein schreckliches Bild drängte sich wieder in ihr Bewußtsein: Pippa, wie sie die Treppe heraufkam, über und über mit Alans Blut besudelt.

Mrs. Rogers ließ sich nicht beruhigen und schien zu einem neuen hysterischen Anfall anzusetzen.

„Kaltes Wasser!“ sagte Colonel Anthony militärisch laut. „Einer von Ihnen holt sofort kaltes Wasser!“ Auf diesem Gebiet kannte er sich aus. Seine Frau hatte immer bemerkenswert rasch auf kaltes Wasser reagiert.

Bei Mrs. Rogers ging es noch schneller. Allein die Aussicht auf eine so rohe Behandlung kurierte sie augenblicklich. Sie unterdrückte ihren Schrei und ließ sich in die Küche geleiten, wo ihr Mrs. Beeston fürsorglich eine Tasse Tee einflößte.

Die anderen schauten schweigend auf das rotverfärbte Tuch, das Mrs. Rogers entglitten war. Der Bann wurde von Maisie Trevor gebrochen, die in einem lächerlich jugendlichen Nachthemdchen herbeigetippelt kam und mit gekünstelter Stimme zwitscherte: „Ist irgendwo Feuer ausgebrochen? Ich dachte, ich hätte einen Schrei gehört.“

Colonel Anthony gab einen undefinierbaren Grunzlaut von sich. Dann beugte er sich hinunter, berührte mit dem Finger eine der nassen Stellen des Treppenläufers und hob das Tuch auf.

„Blut“, sagte er zu James Hardwick. „So unangenehm es

Ihnen sein mag, Sie werden es der Polizei melden müssen."

Carmona, die mitten auf der Treppe stand, wandte den Kopf und schaute zu Pippa hinauf, die kreidebleich war und sich nicht vom Fleck gerührt hatte. Ihr Haar stand in komischen Büscheln vom Kopf; sie war gerade dabeigewesen, sich zu frisieren. Nun starrte sie wie hypnotisiert auf die Stufen, bis Carmona zu ihr eilte und sie am Arm nahm.

„Komm, du mußt dir etwas anziehen."

Aber Pippa bewegte sich nicht. Sie fuhr fort, auf die Stufen zu starren. Schleppend langsam, aber so laut, daß es jeder hören konnte, sagte sie: „Es – es ist Blut. Nicht wahr, es ist Blut? Es muß aus meinem Kleid getropft sein, als ich die Treppe heraufkam."

„Gott steh mir bei!" murmelte Colonel Anthony.

24

Einige Stunden später betrat Colonel Anthony die Polizeistation und fragte nach Inspektor Colt. Er hatte es bereits telefonisch versucht, in seiner militärischen Art, und er hatte keinen Zweifel daran gelassen, daß es sich um den Mordfall handelte. Es war geradezu unglaublich, aber wahr: Inspektor Colt, so hatte man ihm gesagt, war nicht zu sprechen. Unglaublich, wirklich! Gab es etwas Wichtigeres als einen Mord?

Da half nur eine frontale Attacke. Und Colonel Anthony war entschlossen, sich nicht von der Stelle zu rühren, bis der

Inspektor sich die Zeit nahm, ihn anzuhören.

Colt hatte sich gerade von Frank Abbott verabschiedet und stöhnend bemerkt, daß Colonel Anthony ihn vermutlich mit einer selbstgestrickten Theorie überfallen würde. Aber wenige Minuten später sah er sich genötigt, Abbott zurückzurufen. Denn was der Colonel zu berichten hatte, entpuppte sich als brandheiße Spur, der sie sofort nachgehen mußten.

Colonel Anthony hätte die beiden gern begleitet. Oder sollte er vielleicht doch lieber nicht? Er war nicht ganz sicher. Nachdem er seiner Pflicht als Staatsbürger nachgekommen war, fielen ihm seine Pflichten als guter Nachbar wieder ein. Zwanzig Jahre lang hatte er in bestem nachbarschaftlichem Einvernehmen mit Oktavius Hardwick gelebt, und er hatte James heranwachsen sehen. Peinliche Situation für James, in der Tat! Es war wohl doch besser, sich zunächst fernzuhalten und lieber einen ausgedehnten Spaziergang zu unternehmen...

Auf Cliff Edge war das Frühstück ungewöhnlich spartanisch und schweigsam ausgefallen. Nur Tom Trevor hatte seine üblichen vier Scheiben Toast mit Marmelade verzehrt. Die anderen hatten sich mit Fruchtsaft und Kaffee begnügt. Zu allem Überfluß war Mrs. Rogers noch eine Tasse vom besten Service hinuntergefallen, was Mrs. Beeston zu der Bemerkung veranlaßte: „Wenn ich nicht sicher wäre, daß die Polizei Ihnen einige Fragen stellen will, würde ich Sie nach Hause schicken, damit Sie sich ein wenig hinlegen.“

Pippa war nicht zum Frühstück heruntergekommen. Carmona hatte ihr ein Tablett hinaufgeschickt, aber als sie Pippas Zimmer betrat, fand sie das Frühstück unberührt. Pippa schien sich nicht vom Fleck gerührt zu haben. Sie trug noch immer das durchsichtige Néglige und saß teilnahmslos auf dem Bett.

Carmona gab sich Mühe, so entschlossen wie möglich aufzutreten. „Pippa, du mußt dich endlich anziehen – wirklich! Die Polizei wird bald hier sein."

„So?"

„Sei vernünftig, Pippa!"

„Glaubst du, dieser hartherzige alte Mann ... er hat es der Polizei erzählt, nicht wahr?" Sie sprach mit einer ausdruckslosen, flachen Stimme und blickte starr zu Boden.

Carmona hätte schreien können. Von allen Seiten kamen Probleme auf sie zu. Sie hatte noch nicht darüber nachgedacht, ob sie Pippas Geschichte tatsächlich glauben konnte. Aber sie mußte sie wohl glauben, denn sie konnte sich nicht vorstellen, daß Pippa jemand getötet hatte. Sie konnte sich nicht vorstellen, daß überhaupt irgendein Mensch, den sie kannte, imstande war, einen anderen Menschen zu töten. Es mußte ein Fremder gewesen sein, vielleicht jemand aus Alans zweifelhaftem Freundeskreis. Es durfte einfach niemand gewesen sein, den sie kannte!

Sie dachte an James, und ihr Herz machte einen schmerzhaften Sprung. Wohin war er mitten in der Nacht gegangen? Als sie Pippas Schritte gehört und sie blutbesudelt auf der Treppe gefunden hatte, war James nicht dagewesen. Und später, viel später, als sie zurückgekommen war, hatte James geschlafen. Oder hatte er sich vielleicht nur verstellt?

Tage waren seitdem vergangen, sorgenvolle Tage, und keiner hatte dem anderen die Frage gestellt: ‚Wo bist du gewesen?' Sie war erwacht und hatte seine Abwesenheit bemerkt; er war zurückgekommen und hatte ihr Bett leer gefunden...

Carmonas düstere Gedanken wurden unterbrochen, als Pippas Lebensgeister von einer Sekunde zur anderen erwachten.

„Ich will nicht – ich will nicht! Ich will mich nicht wie ein Kaninchen jagen und einfangen lassen! Wir müssen etwas tun, und ich weiß auch schon, was: Wir rufen Miss Silver zu Hilfe!"

„Miss Silver?" sagte Carmona überrascht.

Pippa war aufgesprungen. Sie öffnete den Schrank, riß ein Kleid heraus, zog es über und schlüpfte in ihre leichten Sandalen. Dabei plapperte sie ununterbrochen.

„Jawohl, Miss Silver! Weißt du denn nicht, wer sie ist? Ich konnte es anfangs auch nicht glauben, weil... nun, weil sie so altjüngferlich aussieht. Aber Stacy hat es mir gesagt!"

„Pippa, wovon redest du eigentlich?"

„Von Stacy Mainwaring. Sie hat eine Miniatur von mir gemalt – für Bill. Habe ich dir das nicht erzählt? Ich konnte nicht stillsitzen, ich habe Stacy fast zur Verzweiflung gebracht. Ja, und seitdem weiß ich alles über Miss Silver."

Sie wählte ein auffallendes, knallrotes Seidentuch, um ihrer Erscheinung den letzten Pfiff zu geben. Carmona nahm es ihr weg und sagte: „Das ist zuviel des Guten – heute. Und jetzt komm endlich zur Sache. Was hat dir Stacy Mainwaring über Miss Silver erzählt?"

„Nun, daß sie wundervoll war. Was sonst? Im Brading-Fall wurde Charles verdächtigt, der Mörder zu sein. Charles Forest, weißt du? Mit ihm ist Stacy nämlich verheiratet, und bei der Hochzeit... na gut, das erzähle ich dir später mal. Sei doch nicht so ungeduldig. Also, Miss Silver hat seine Unschuld bewiesen. Und kurz davor war es ihr gelungen, die berühmten Dalrae-Juwelen wiederzufinden. Stacy sagt . . ."

Carmona unterbrach den Redeschwall mit einer Handbewegung. „Soll das heißen, Miss Silver ist Detektivin?"

Pippa nickte heftig. „Natürlich! Und wir müssen sie sofort herbitten! Dieser Londoner Inspektor – Abbott heißt er doch wohl? – hat auch den Brading-Fall bearbeitet. Stacy sagt, er frißt Miss Silver förmlich aus der Hand. Sie muß mir helfen! Daß mir das nicht schon früher eingefallen ist! Meinst du wirklich, dieser schreckliche alte Sportstyp hat die Polizei verständigt?"

„Ja. Er sagte, es sei seine Pflicht."

Pippa hatte sich vor dem Frisiertisch niedergelassen und begann sich mit erstaunlicher Routine zu schminken.

„Etwas dezenter, Pippa!" bat Carmona.

„Wieso? Denkst du, ich will aussehen wie eine Vogelscheuche, wenn dieser Abbott kommt?"

„Pippa, du solltest unbedingt mit Bill sprechen . . ."

„Bill? Auf keinen Fall! Und wie sollte ich auch? Ich habe dir doch erzählt, daß er in Deutschland ist, bei irgendeinem langweiligen Militärprozeß. Oder habe ich nicht? Außerdem weiß er gar nicht, wo ich bin. Er denkt, ich leiste seiner fürchterlichen Tante Muriel Gesellschaft. Statt dessen habe ich natürlich dich angerufen . . ."

Sie zog ihre Lippen nach, puderte sich die Nase und sprang auf. „Jetzt muß ich mich aber beeilen, Darling. Halt mir die Daumen!"

25

„Sie wollen mich beruflich sprechen?"

„Ja, bitte."

Miss Silver musterte die hübsche junge Frau in dem bunten Sommerkleid nachdenklich. Pippa Maybury überschüttete sie mit einer wahren Flut von ungeordneten, unwichtigen Bemerkungen über Charles Forest, Stacy Mainwaring und den Brading-Fall. Ihre Stimme klang etwas hektisch, und ihr Lippenstift war für Miss Silvers Geschmack entschieden zu auffallend. Aber vielleicht drückte ihre Aufmachung die aufgewühlte Stimmung aus, in der sie sich befand. Man sollte Menschen nicht nach ihrem Äußeren beurteilen. Die Fassade besagte gar nichts. Man mußte sich die Mühe machen, dahinterzublicken.

Sanft unterbrach Miss Silver Pippas Wortflut. "Würden Sie mir nun sagen, weshalb Sie meinen Rat suchen?"

Pippa biß sich auf die Lippen. Sie hatte nur daran gedacht, Miss Silver um Hilfe zu bitten. Aber sie hatte nicht überlegt, was sie ihr sagen sollte. Ihr einziger Gedanke hatte dem Bedürfnis gegolten, der Polizei zu entrinnen. Und nun saß sie Miss Silver in einem chintzbezogenen, altmodischen Sessel gegenüber und starrte sie an, während die alte Dame nach einem zartrosa Knäuel griff, in dem Nadeln steckten, und gelassen zu stricken begann.

Vielleicht war es diese anheimelnde Geste, die Pippa

Vertrauen einflößte, vielleicht auch der milde, mütterliche Blick, mit dem Miss Silver sie anblickte. Pippa fühlte sich plötzlich wie ein Kind, das all seinen Kummer auf einmal ausschütten durfte.

„Ich habe entsetzliche Angst“, flüsterte sie mit zitternder Stimme. „Carmona sagt, daß die Polizei kommt, um ...“ Sie stockte.

„Um Sie zu verhören?“ bohrte Miss Silver behutsam.

„Wegen der Blutflecke auf der Treppe“, sprudelte Pippa heraus. „Das Blut muß aus meinem Kleid getropft sein. Es war vorne ganz vollgesaugt, weil ich doch über Alan gestolpert bin. Mrs. Rogers reinigte die Treppe, ihr Tuch war ganz rot, und sie hat furchtbar geschrien. Alle kamen aus ihren Zimmern gerannt, und ich habe gesagt, es müßte das Blut von meinem Kleid sein. Ich weiß nicht genau, was ich alles gesagt habe, aber jeder hat es gehört, auch dieser Colonel Anthony, und er ist zur Polizei gegangen, meint Carmona ...“

Als sie stockte, sagte Miss Silver mild: „Wollen Sie mir das wirklich alles erzählen? Sie wissen vermutlich, daß ich das unter gewissen Umständen nicht für mich behalten darf?“

„Unter gewissen Umständen ...?“

„Zum Beispiel, wenn jemand des Mordes beschuldigt werden sollte“, erläuterte Miss Silver ruhig.

„Aber ich möchte ja gerade, daß Sie das herausfinden. Stacy Mainwaring sagt, sie seien wundervoll. Ich möchte, daß Sie herausfinden, wer Alan ermordet hat. Jemand muß es doch getan haben, nicht wahr? Und wenn Sie es herausfinden, dann ist alles in Ordnung, und Bill wird nichts erfahren.“

Miss Silver musterte ihre Besucherin erneut aufmerksam. „Bill ist vermutlich Ihr Mann?“

„Ja, natürlich."

„Und Sie möchten nicht, daß er etwas Bestimmtes erfährt?"

Pippa riß die Augen auf, und Miss Silver ließ ihr Strickzeug für einen Augenblick sinken.

„Bevor Sie weiterreden, Mrs. Maybury, hören Sie mir bitte genau zu. Sie möchten irgend etwas vor Ihrem Mann verbergen. Ich frage Sie nicht, was. Wenn es den Mord an Alan Field betreffen sollte, so rate ich Ihnen, sich möglichst schnell einen Anwalt zu nehmen. Sie haben in Gegenwart mehrerer Zeugen einen sehr kompromittierenden Ausspruch getan, den man nicht einfach beiseite schieben kann."

Pippa kämpfte mit den Tränen. „Aber es hat nicht das geringste mit Alans Tod zu tun. Er war ein mieser ... ich wollte sagen, er war richtig gemein. Ich hätte mich nie mit ihm getroffen, wenn er nicht gedroht hätte, Bill alles zu sagen. Wissen Sie, Bill denkt, ich bin ihm treu, und wenn er das nicht mehr glauben könnte, wäre es nie wieder wie früher zwischen uns. Dagegen sind meine Perlen wirklich unbedeutend ..."

Die abgehackten, unzusammenhängenden Sätze begannen in Miss Silvers Kopf Formen anzunehmen. „Mr. Field hat Sie erpreßt?"

„Ja, gewiß."

Miss Silver fing wieder an zu stricken, ohne jedoch den Blick von Pippa zu wenden. „Sie wissen vermutlich, daß Ihnen das als Mordmotiv ausgelegt werden kann?"

Pippa vergaß einen Augenblick, den Mund zu schließen. Sie starrte Miss Silver fassungslos an. Dann sagte sie mit vor Angst schriller Stimme: „Aber Sie denken doch nicht im Ernst, ich hätte es getan? Er war schon tot, als ich hinkam! Ich bin ganz furchtbar erschrocken. Es war dunkel, und ich wollte meine Taschenlampe zuerst nicht benutzen, damit mich niemand sah. Die Tür war offen, und ich stolperte direkt über ihn. Er war tot, und es war so entsetzlich viel Blut überall. Mein ganzes Kleid war naß, auch meine Hände ..."

„Und was taten Sie danach?" fragte Miss Silver sanft.

„Carmona half mir. Sie sah mich die Treppe heraufkommen, und ich erzählte ihr, daß ich Alan gefunden hatte, und wir verbrannten mein Kleid."

„Das war nicht sehr klug", bemerkte Miss Silver mit gerunzelter Stirn.

„Carmona wollte die Polizei rufen, aber ich hätte mich eher umgebracht – wegen Bill. Das müssen Sie verstehen – bitte! Ich wollte Alan mitten in der Nacht in der Strandhütte treffen ... Jeder hätte gedacht, er sei mein Liebhaber. Oder ich hätte zugeben müssen, daß er mich erpreßte. Auch dann hätte Bill alles erfahren. Carmona durfte einfach nicht die Polizei rufen!"

Miss Silver schüttelte bekümmert den Kopf. „Das war ein großer Fehler."

„Helfen sie mir trotzdem?" fragte Pippa flehentlich.

Miss Silver seufzte. „Ich werde versuchen, die Wahrheit herauszufinden. Wenn Sie sicher sind, daß Ihnen das hilft, dann will ich den Fall übernehmen."

„Aber das will ich doch die ganze Zeit! Und dann wird mich die Polizei nicht mehr belästigen, und ich kann ..."

„Zuerst habe ich noch ein paar Fragen", unterbrach Miss Silver die Ansätze zu einer neuen Redeflut.

Pippa nickte folgsam. Offen und überraschend natürlich antwortete sie auf alles, was Miss Silver wissen wollte. Nein, sie hatte nichts Ungewöhnliches gehört oder gesehen. Sie war nur von dem Gedanken beseelt gewesen, möglichst rasch wieder ins Haus zu kommen und von niemandem gesehen zu werden.

Miss Silver beobachtete Pippa sorgfältig, als sie zu ihr sagte: „Sie erwähnten, Sie hätten in der Hütte Ihre Taschenlampe angeknipst und gesehen, daß Alan Field erstochen worden war. Wie lag er da?"

Pippa schauderte. „Mit dem Gesicht nach unten und ... einen Arm weit von sich gestreckt."

„Wie konnten Sie wissen, daß es Mr. Field war?"

„Sein Haar – ich kannte ihn an seinem Haar, als das Licht darauffiel."

„Wieso nahmen Sie an, daß er erstochen worden war?"

„Das Messer – es steckte in seinem Rücken."

„Haben Sie es berührt?"

„O mein Gott, nein!"

„Sind Sie sicher?"

„Ich hätte es niemals fertiggebracht!"

Miss Silver ließ einige Sekunden verstreichen. Dann sagte sie langsam: „Die Polizei hat keine Tatwaffe gefunden. Sind Sie wirklich sicher, daß Sie ein Messer gesehen haben?"

„Aber ja! Es war Tante Esthers – Mrs. Fields Papiermesser. Es ist ein Souvenir, ein kleiner Dolch, der am Griff mit bunten Steinen verziert ist. Sie hatte ihn mit zum Strand genommen, um die gefalzten Seiten eines Romans auseinanderzutrennen."

„Mrs. Maybury, ich möchte, daß Sie jetzt sehr genau nachdenken. Wo wurde der Dolch aufbewahrt?"

Pippa mußte nicht lange überlegen. „Sooft ich ihn sah,

steckte er in Tante Esthers Roman. Sie nahm ihn nur einmal heraus, um ihn mir zu zeigen."

„Erinnern Sie sich an den Titel des Romans?"

Pippa dachte einen Augenblick nach. „Nein, wirklich nicht. Ich weiß nur, daß es irgend etwas schrecklich Langweiliges war."

„Hat Mrs. Field das Buch am Mittwoch abend mit zum Haus hinaufgenommen?"

Plötzlich zog Pippa hörbar die Luft ein. Dann sagte sie leise: „Nein, ich sah es, als ich die Taschenlampe anknipste. Da war Alan und das viele Blut, und das Buch lag neben seiner ausgestreckten Hand, als ob er es fallengelassen hätte..."

26

Im Morgenzimmer von Cliff Edge war es angenehm kühl, während draußen die Hitze flimmerte.

Miss Silver saß in einem niedrigen viktorianischen Sessel, der keine Armlehnen hatte und deshalb ihre Ellbogen beim Stricken nicht einengte. Ihre Nadeln klapperten emsig, und sie schien sich rundherum wohlzufühlen.

Die Vernehmung der Hausbewohner war beendet. Inspektor Colt hatte sich bereits verabschiedet. Nur Frank Abbott war noch geblieben. Er lehnte mit dem Rücken an der Kamineinfassung und sagte: „Sie haben sich also tatsächlich hier niedergelassen?"

„Gewiß", bestätigte Miss Silver. „Mrs. Hardwick war so liebenswürdig, mich einzuladen."

„Wie haben Sie das nur wieder eingefädelt?“

Miss Silver seufzte. „Mein lieber Frank, wenn ich mich nicht irre, habe ich Ihnen bereits gesagt, daß Mrs. Maybury meine Klientin ist. Und Sie werden nicht leugnen wollen, daß ich einen viel besseren Einblick in die Dinge bekomme, wenn ich hier wohne.“

Abbott lachte. „Kein Wunder, daß Sie so erfolgreich sind! Diese Möglichkeit haben wir armen Polizisten natürlich nicht. Alles, was wir zu sehen und zu hören kriegen, sind wohlbedachte Worte und eine sorgfältig beherrschte Fassade.“

„Zugegeben, da bin ich im Vorteil“, antwortete Miss Silver lächelnd. „Denn kein Mensch kann ständig auf der Hut sein. Und sollte er es versuchen, macht ihn das höchstens verdächtig.“

Frank nickte. „Eben. Was halten Sie übrigens von Pippa Mayburys Aussage?“

Miss Silver griff in ihren Handarbeitskorb und brachte einen neuen zartrosa Knäuel zum Vorschein. Das zweite Strampelhöschen für das Jüngste von Dorothy und Jim war fast fertig. Für ein drittes würde die Wolle nicht mehr ganz reichen; da mußte sie wohl weiße Streifen einarbeiten.

„Wie denken Sie selbst darüber?“

Frank hob die Augenbrauen und sagte bedächtig: „Entweder ist sie zur perfekten Lügnerin geboren – oder sie sagt die Wahrheit.“

„Ganz meine Meinung“, pflichtete Miss Silver bei.

„Sie glauben ihr?“

„Ja, das tue ich.“

„Und warum?“

„Sie machte keinen Versuch, mich zu beeindrucken. Es gibt einige Punkte in ihrer Geschichte, die kein besonders schmeichelhaftes Licht auf sie werfen. Aber sie versuchte nicht, sie zu beschönigen. Sie war erregt und verängstigt, aber nicht wegen einer drohenden Verhaftung, sondern aus Sorge, daß ihr Mann alles erfahren würde."

„Das ist mir auch aufgefallen. Aber das könnte doch auch ein Motiv sein. Sie traf sich mitten in der Nacht mit Alan Field. Vielleicht hatte sie plötzlich Grund, seine Indiskretion zu fürchten."

Miss Silver schüttelte den Kopf. „Oberflächlich besehen, wäre das möglich. Aber überlegen Sie doch mal. Dafür, daß sie mit Field verabredet war, spricht nur ihre eigene Aussage. Sie hätten Mühe, lieber Frank, eine solche Verabredung zu beweisen. Ich würde eher sagen, sie hat sich in eine kompromittierende Situation gebracht, die Alan Field für seine Zwecke benutzt haben könnte..."

Frank pfiff durch die Zähne. „Er hat sie erpreßt!"

Miss Silver lächelte. „Ich brauche sicher nicht zu betonen, daß Sie auch eine eventuelle Erpressung nicht beweisen könnten, lieber Frank."

„Sie treffen den Nagel wieder einmal auf den Kopf! Na schön, wenden wir uns den Fakten zu. Pippa Maybury behauptet, das Papiermesser hätte in einem Roman gesteckt, den Mrs. Field am Mittwoch mit zum Strand genommen hatte. Das wird von Mrs. Hardwick, Lady Castleton und Mrs. Trevor bestätigt – und von Mrs. Field selbst. Wie die Damen ebenfalls bestätigen, blieb das Buch mit allen anderen Sachen in der Strandhütte zurück, die am Abend abgeschlossen wurde. Die Waffe befand sich also bereits am Tatort und kann von jedem, der um Mitternacht in der Nähe der Hütte war, benutzt worden sein. Überlegen wir also mal, wer dafür in Frage kommt."

Miss Silver seufzte. „Ich hoffe, Sie vergessen bei Ihren Überlegungen Mr. Cardozo nicht."

„Keineswegs. Er bleibt zunächst der Hauptverdächtige. Er hatte genügend Zeit zwischen dem Verlassen der *Fisherman*-Bar und Mitternacht. Marie Bonnet gibt ihm zwar ein Alibi, aber er könnte sie überredet haben, für ihn zu lügen. Damit hätte sie ihn einerseits in der Hand, andererseits müßte sie aber um ihre Sicherheit fürchten. Ich bezweifle, daß Cardozo den Mord geplant hat, aber er könnte eine passende Gelegenheit wahrgenommen haben."

Miss Silver, die eifrig strickte, verfolgte den Gedanken weiter. „Fields Anwesenheit in der Hütte könnte ihm bekannt gewesen sein. Vermutlich hat Field das Haus auf dem gleichen Weg verlassen wie Marie Bonnet. Miss Anning sah ihn nach Hause kommen, aber nicht wieder fortgehen. Er hat jedoch, wie wir wissen, das Haus noch einmal verlassen. Marie könnte ihn gesehen haben, ebenso Cardozo, der auf Marie wartete. Für Cardozo wäre es nicht schwierig gewesen, Field zu folgen. Und wenn er nicht die Absicht hatte, Gewalt anzuwenden, mußte er auch kaum achtgeben, nicht gesehen zu werden."

Inspektor Abbott nickte. „So könnte es gewesen sein. Aber solange die kleine Französin bei ihrer Aussage bleibt, hat er ein Alibi. Wenden wir uns also den übrigen Verdächtigen zu. Was meinen Sie zu James Hardwick?"

„Mein lieber Frank, Sie überraschen mich!"

Er lachte. „Das kommt wahrlich nicht oft vor! Aber sehen

wir uns doch die Situation einmal an. Mrs. Hardwicks Verlobung platzt am Hochzeitstag wie eine Seifenblase. Als Cardozo mir den Namen des Mannes nannte, hinter dem er her war, hörte ich ihn nicht zum erstenmal. George, die größte Nervensäge meines Bekanntenkreises, hat mir einiges über ihn erzählt. Er traf ihn am Abend vor seiner Abreise nach Südamerika. Field warf mit Geld um sich und war reichlich gesprächig. Jemand, so sagte er, hätte ihn fürstlich dafür bezahlt, daß er aus dem Leben von Carmona Leigh verschwände. Und George sagt, als Carmona drei Monate später James Hardwick heiratete, sei ihm ein Licht aufgegangen, wer dieser zahlungsfreudige Jemand gewesen war."

„Es wird viel geredet", murmelte Miss Silver.

„Gewiß. Aber nehmen wir doch einmal an, die Geschichte stimmt. Dann kehrt Hardwick also am Mittwoch von seiner Reise zurück und findet Field in seinem Haus. Soweit wir wissen, fällt die Begrüßung nicht gerade freundlich aus, und Field verläßt bald darauf das Haus. Natürlich können wir nicht wissen, was sich anschließend zwischen den Hardwicks abgespielt hat. Aber wenn sie sich nicht ausgesprochen haben, befand sich der Major in einer ziemlich dummen Situation. Field könnte (a) Carmona neue Avancen gemacht oder (b) die Katze aus dem Sack gelassen haben. Die letzte Möglichkeit ist faszinierend, nicht wahr? Was empfindet wohl eine Frau, wenn sie erfährt, daß ihr Mann sie käuflich erworben hat."

Das rosa Strampelhöschen in Miss Silvers Händen bewegte sich rhythmisch. „Sie fühlt sich schwer gekränkt, würde ich sagen."

Frank nickte. „Genau. Und in beiden Fällen könnte sie das

Bedürfnis gehabt haben, mit ihrer alten Liebe unbeobachtet zu – reden. Was glauben Sie, wie ein eifersüchtiger Ehemann darauf reagiert?"

Frank wartete gespannt auf Miss Silvers Reaktion, aber sie schüttelte nur den Kopf und sagte: „Ist Ihnen schon mal in den Sinn gekommen, daß Field noch eine frühere Verabredung als die mit Mrs. Maybury gehabt haben könnte? Wenn ihre Geschichte stimmt, und das glaube ich, dann war ohne Zweifel jemand vor ihr dort – der Mörder nämlich. Er könnte mit Field verabredet gewesen sein. Genausogut hätte er aber auch zufällig vorbeikommen können. Oder – als dritte Möglichkeit – jemand könnte Field gefolgt sein."

„Nicht uninteressant, dieser Aspekt", stimmte Frank zu. „Das bringt mich zu meiner nächsten Verdächtigen, Miss Darsie Anning. Nachdem sie abgesperrt hatte und auf ihr Zimmer gegangen war, verließ Field, wie wir wissen, noch einmal das Haus. Sie könnte ihn durchs Fenster beobachtet und beschlossen haben, ihm zu folgen. Vielleicht hat Marie Bonnet sie dabei überrascht. Ich erinnere mich an ihren verschlagenen Blick, als wir sie wegen des Alibis für Cardozo verhörten. Sie verbirgt irgend etwas, ich weiß nur noch nicht, was. Wenn Cardozo sie überredet hat, ihm ein Alibi zu verschaffen, dann war sie nicht mit ihm zusammen. Dann kann sie also Darsie Anning beobachtet haben. Vielleicht denkt sie, sie kann Geld herausschlagen. Vielleicht hat sie aber auch andere Motive. Ich hatte während der Vernehmung das unbestimmte Gefühl, daß sie Miss Anning auf irgendeine Weise in der Hand hat. Jetzt fragen Sie mich aber nur nicht, wie ich das beweisen will!"

Miss Silver gab keinen Kommentar ab. Sie strickte ruhig

weiter und ließ einige Minuten verstreichen, ehe sie sagte: „Ich fasse also zusammen, daß Sie die Wahl zwischen vier Verdächtigen haben. José Cardozo, James Hardwick, Darsie Anning und Marie Bonnet."

Frank runzelte erstaunt die Stirn. „Was macht Sie so sicher, daß Pippa Maybury nicht zum Kreis der Verdächtigen gehört? Schließlich ist sie die einzige, gegen die handfeste Beweise vorliegen!"

27

Zwei Dinge geschahen nach dem Lunch. Miss Silver beschloß, zu Darsie Annings Pension zu spazieren, um einem vergessenen Wollknäuel nachzuspüren. Und James Hardwick fuhr mit seiner Frau im Auto weg.

Carmona hatte ihren Mann im Arbeitszimmer angetroffen. Sie schloß die Tür, lehnte sich dagegen und sagte: „So kann kann es nicht weitergehen, James ... Ich muß mit dir reden."

Er legte seinen Füllfederhalter beiseite. Sie war blaß, sehr blaß. Und es war nicht jene strahlende Blässe, die ihm bei der ersten Begegnung aufgefallen war. Carmona hatte dunkle Ringe unter den Augen. Ihr Gesicht war fahl. Sie wirkte verängstigt und nervös.

„Manche Dinge bleiben besser ungesagt, findest du nicht?"

Einen Augenblick lang dachte sie, er würde jetzt auf sie zugehen und ... Sie wußte nicht genau, was.

James machte eine rasche Bewegung in Carmonas Richtung, hielt dann aber inne. Er hätte sie in seine Arme reißen mögen und schreien: Warum bist du so erschüttert? Warum geht dir sein Tod so nahe?! Aber er blieb sitzen und sagte nichts.

Wenn sie gehofft hatte, bei ihm Hilfe zu finden, so hatte sie sich geirrt. Sein Blick war kühl, sehr kühl. Ihre Hoffnung sank. Sie fühlte sich ausgelaugt und bedrückt. „James – bitte ...", sagte sie schwach.

Er betrachtete sie schweigend. Nun gut. Wenn sie mit jemandem reden mußte, dann besser mit ihm als mit sonst jemand. Aber nicht in diesem Haus, das so viele Augen und Ohren hatte! Er stieß seinen Stuhl zurück und stand auf.

„Gut, wenn du unbedingt willst. Aber nicht hier! Ich hole den Wagen. Wir fahren ein Stück auf der Küstenstraße. Es wird eine verdammt heiße Spazierfahrt werden, du holst dir besser einen Hut."

Es war tatsächlich sehr heiß. Als sie die modernen Bungalows hinter sich gelassen hatten, die seit einigen Jahren den Ortsrand von Cliffton-on-Sea säumten, sagte Carmona: „James, bitte – nicht so schnell ..."

Ein kurzes, humorloses Lächeln berührte seine Züge und verschwand wieder. „Sechzig ist für deine augenblickliche Stimmung zu schnell? Gut, wie du willst."

Er verringerte das Tempo auf fünfzig. Die Sonne stach auf den offenen Wagen nieder, und der Fahrtwind brachte bei der geringen Geschwindigkeit nur wenig Kühlung.

„James, du mußt es mir sagen – ich kann es nicht länger ertragen! Wo warst du Mittwoch nacht?"

„Ich?!"

„Ja. Ich wachte auf, und du warst nicht da. Ich hatte das

Gefühl, daß etwas Unheimliches geschah. Jemand rannte durch den Garten auf das Haus zu. Du warst nicht im Schlafzimmer und auch nicht in deinem Ankleidezimmer. Dann kam Pippa die Treppe herauf. Ihr Kleid war über und über mit Blut besudelt. Sie hatte Alans Leiche gefunden und war gestürzt..."

„Ich weiß. Das hat sie ja der Polizei erzählt. Glaubst du ihr?"

„Ja. Als ich sie fand, war sie nicht in der Verfassung, sich Lügen auszudenken. Alan hat sie erpreßt. Sie sollte ihn treffen, um ihm ihre Perlen zu geben. Wenn sie ihn erstochen hätte, hätte sie mir das nicht erzählt. Wir verbrannten ihr Kleid und ihre Strümpfe und wuschen ihre Strandsandalen. Von den Blutflecken auf der Treppe wußten wir nichts; wir dachten, wir hätten alle Spuren beseitigt. Wir brauchten ungefähr eine halbe Stunde dazu. Als ich zurückkam, fand ich dich schlafend – oder ich glaubte es nur..."

Carmona sah James nicht an. Sie schaute auf seine Hände, die das Lenkrad umfaßten. Und als James keine Antwort gab, reagierte sie mit einer Schärfe, die er noch nie an ihr bemerkt hatte.

„Wo warst du? Und was hast du dir gedacht, als du zurückkamst und ich nicht da war? Ich will es wissen!"

Ohne jeden Ausdruck in der Stimme erwiderte er: „Manchmal ist es besser, etwas nicht zu wissen."

Ihre unbestimmte Angst wuchs. Trotz der Hitze hatte sie das Gefühl, daß etwas Kaltes sie berührte.

„Wie meinst du das?"

„So, wie ich es gesagt habe. Wenn du etwas nicht weißt,

kannst du der Polizei mit gutem Gewissen sagen, du weißt es nicht."

„Ich will es aber wissen!" beharrte Carmona.

„Gut. Dann sollst du es meinetwegen erfahren. Als ich im Ankleidezimmer das Licht ausmachte und den Vorhang zurückzog, sah ich jemand durch den Garten zum Klippenpfad gehen. Es war ungefähr Viertel nach zwölf – eine merkwürdige Zeit für einen Spaziergang. Ich ging hinunter, um nachzusehen. Die Terrassentür war angelehnt – den armen Beeston hätte der Schlag getroffen. Ich sah mich draußen um ..."

„Pippa hatte das Gefühl, daß jemand sie beobachtete. Warst du das?"

„Vermutlich."

„Hast du sie erkannt?"

„Ich dachte, sie könnte es sein."

„Warum hast du sie nicht angesprochen?"

„Ich wußte nicht, was vorging – und ich wollte es auch nicht wissen."

Die kalte Angst war noch immer in Carmona. Irgend etwas paßte nicht zusammen. Wenn James Pippa gefolgt war, wo hatte er sich dann aufgehalten, während sie zum Strand hinuntereilte? War er ebenfalls hinuntergegangen? Nein, das hätte Pippa hören müssen. Niemand konnte ungehört über den knirschenden Kies gehen. Oder war James auf dem Felspfad stehengeblieben? Nein, auch diese Möglichkeit schied aus; Pippa wäre sonst bei ihrer hektischen Flucht direkt auf ihn gestoßen.

„Was hast du gemacht? Ich muß es wissen! Du kannst Pippa nicht zum Strand gefolgt sein, sie hätte dich gehört."

Er schwieg einen Augenblick. Dann sagte er ruhig: „Ich öffnete die Gartentür zum Klippenpfad, konnte aber niemand sehen. Und meine Taschenlampe wollte ich nicht benutzen. Ich ging den Klippenpfad ein Stück entlang. Jemand stieg zum Strand hinunter, aber ich hätte nicht einmal sagen können, ob es ein Mann war oder eine Frau. Und als ich auf dem Klippenpfad zurückging, kam jemand vom Strand herauf. Das ist alles, was ich dir sagen kann."

Sie hatte das Gefühl, daß er ihr etwas vorenthielt, aber ihre Erleichterung war groß genug, daß sie nicht weiter darüber nachdachte. Ihre Hand tastete sich zu ihm hinüber.

Er stieß ein kurzes Lachen aus. „Zufrieden? Oder fragst du dich noch immer, wie ich es geschafft habe, vor Pippa in die Strandhütte zu gelangen und Alan Field zu ermorden?"

„James!"

„Das hast du doch gedacht, oder?"

„Gedacht nicht – gefürchtet."

„Wo liegt der Unterschied? Ich kann nicht behaupten, daß ich mich geschmeichelt fühle. Jemand ein Messer in den Rücken zu stoßen, ist nicht gerade mein Stil. Ich hoffe es jedenfalls."

Eine grenzenlose Erleichterung durchflutete Carmona. Die eisige Angst war wie fortgeblasen. Ein Ansturm von verschiedenen Gefühlen rauschte über sie hinweg und trieb ihr die Tränen in die Augen, ohne daß sie etwas dagegen tun konnte.

James bremste und hielt den Wagen an.

28

Miss Silver setzte ihren Hut auf und entdeckte im nächsten Moment, daß ihre hellen, leichten Sommerschuhe fehlten. Offenbar hatte Mrs. Rogers sie mitgenommen, um sie einer gründlichen Pflege zu unterziehen. Miss Silver runzelte mißbilligend die Stirn. Ihre Schuhe sahen zwar alle gleich aus, hoch über die Knöchel reichend und mit soliden, breiten Absätzen versehen, aber bei der noch immer anhaltenden Hitze zog sie selbstverständlich das leichter gearbeitete helle Paar vor.

Seufzend stieg sie die Treppe hinunter, um Mrs. Rogers zu suchen. Durch die angelehnte Küchentür vernahm sie die Stimmen von Beeston, Mrs. Beeston und Mrs. Rogers, die mit dem Lunchgeschirr beschäftigt waren.

„Wahrscheinlich glaubt sie, etwas Besseres zu sein", verkündete Mrs. Rogers in dem Moment, als Miss Silver ihre Hand nach der Klinke ausstreckte. „Nur weil sie Französin ist..."

Bei den letzten Worten zog Miss Silver ihre Hand zurück. Sie haßte es zu lauschen, aber in diesem Fall war es geradezu ihre Pflicht, denn wenn sie sich nicht täuschte, wurde in der Küche von Marie Bonnet gesprochen.

„Gegen Französinnen habe ich eigentlich nichts", bemerkte Mrs. Beeston.

„Ich auch nicht", versicherte Mrs. Rogers, „wenn sie sich zu benehmen wissen. Aber Marie führt sich auf, als hätte sie das

Haus gekauft. Heute morgen, als ich vorbeikam, kehrte sie gerade die Außenstufen. Und wissen Sie, was sie sagte? ‚Sehr lange mache ich das nicht mehr, das habe ich einfach nicht nötig.‘ Und ich sagte: ‚Sie wissen doch, was aus Frauen wird, die glauben, nicht arbeiten zu müssen?‘ Darauf lachte sie nur und sagte: ‚Für mich gibt es etwas Besseres! Ich bin aus allem raus.‘ Was kann sie damit gemeint haben?“

Mrs. Beeston zuckte die Schultern. „Vielleicht hat sie einen gutsituierten Verehrer, der sie heiraten will.“

„So plötzlich?“ fragte ihr Mann zweifelnd. „Ich denke eher, sie ist ‚aus allem raus‘, weil jemand sie dafür bezahlt, daß sie ihren Mund hält.“

„Aber worüber denn?“ wunderte sich Mrs. Rogers.

Beeston lachte. „Das müssen Sie nicht mich fragen! Aber vielleicht weiß es dieser Cardozo, mit dem sie Mittwoch nacht zusammen gewesen sein will. Tja, man erfährt so allerhand, wenn man jemand bei der Polizei kennt...“

An diesem Punkt beschloß Miss Silver, auf die leichten, hellen Schuhe zu verzichten. Vorsichtig zog sie sich zurück und begab sich wieder auf ihr Zimmer.

Während sie die dickeren Schuhe anzog, überlegte sie, was sie eben gehört hatte. Marie Bonnets Benehmen konnte bedeuten, daß sie im Begriff war, den Mörder von Alan Field zu erpressen – ein höchst gefährliches Unterfangen.

Nachdenklich legte Miss Silver den kurzen Weg zu Miss Annings Pension zurück, ohne einen einzigen ihrer Gedanken an die schweren Schuhe zu verschwenden, die sie an heißen Tagen so ungern trug.

Von Marie hörte sie, daß Miss Anning ins Dorf zum Einkaufen gegangen war.

„Es ist ein einziges Kommen und Gehen in diese 'aus", beschwerte sich Marie. „Isch 'abe es wirklisch satt."

Miss Silver musterte die Französin aufmerksam und stellte fest, daß ihr Verhalten sich erstaunlich verändert hatte. Eine plumpe Vertraulichkeit ging von ihr aus, die nicht weit davon entfernt war, in Unverschämtheit umzuschlagen.

„Sie haben die Absicht, Cliffton zu verlassen?" fragte Miss Silver. Ihrem prüfenden Auge entging nicht das kleinste Detail an Maries Reaktion. Früher, als sie noch im Lehramt tätig war, hatten ihre Schüler diesen Blick gefürchtet, und Chefinspektor Lamb pflegte ihn „sezierend" zu nennen.

Aber Marie Bonnet zuckte nur unbekümmert die Schulter. „Wenn isch eine Chance sehe, Madame, dann greife isch zu."

„Und das ist jetzt der Fall?"

Jetzt wurde Marie tatsächlich unverschämt. „Geht Sie das etwas an?"

„Wahrscheinlich nicht", sagte Miss Silver ruhig. „Aber wenn diese Chance darin besteht, daß Sie etwas verschweigen, was Sie wissen, dann ist das nicht ungefährlich für Sie."

Ein ärgerlicher Ausdruck erschien auf Maries Gesicht. Dann senkte sie den Blick und sagte verschlagen: „Isch weiß nischt, was Sie meinen, Madame."

„Wenn Sie eine Belohnung für Ihr Schweigen erwarten, können Sie wegen Erpressung belangt werden. Sie sind lange genug in England, um zu verstehen, wovon ich spreche, nicht wahr?"

Marie machte große, erstaunte Augen. Aber im stillen ärgerte sie sich maßlos über die Bemerkung. José hatte ihr Geld versprochen, und sie beabsichtigte nicht, auf all die schönen Dinge zu verzichten, die sie sich dann leisten konnte.

Was mußte diese schrullige, neugierige alte Jungfer sich in ihre Angelegenheiten mischen?

In gespielter Entrüstung flötete sie: „Aber Madame!"

Nun war Miss Silver sicher, daß sie ins Schwarze getroffen hatte. Wäre Maries Entrüstung echt gewesen, hätte sie sich in empörten Worten Luft gemacht.

„Schon gut, Marie", sagte Miss Silver mit undurchdringlicher Miene. „Ich werde auf Miss Anning warten und inzwischen ihrer Mutter ein wenig Gesellschaft leisten. Ich habe sie seit Tagen nicht besucht."

Marie machte eine rasche Bewegung in Miss Silvers Richtung, hielt dann aber inne. Sie wußte nur zu gut, daß Darsie diesen Besuch nicht erlauben würde. Seit Mittwoch durfte niemand zu Mrs. Anning; Darsie trug sogar die Mahlzeiten selbst hinauf und blieb stets im Zimmer, wenn saubergemacht wurde. Sie sagte, Mrs. Annings Zustand hätte sich durch die Nachricht von Alan Fields Tod verschlechtert, aber es bestünde keine Notwendigkeit, das nach außen verlauten zu lassen. Nun gut, Marie würde nichts verlauten lassen, am wenigsten dieser scharfsinnigen alten Jungfer gegenüber, die sich so gut mit der Polizei verstand!

Ungehindert betrat Miss Silver das freundlich eingerichtete Zimmer, in dem Mrs. Anning hauste. Die Kranke war wieder mit ihrer Stickerei beschäftigt und fädelte gerade hellgrünes Seidengarn ein. Als Miss Silver sie begrüßte und sich zu ihr setzte, sagte sie klagend: „Sie haben mich nicht mehr besucht."

Miss Silver lächelte. „Ich bin für ein Weilchen zu Besuch auf Cliff Edge."

„Bei Esther Field? Ach – es ist Carmonas Haus, nicht wahr?

Carmona Hardwick heißt sie jetzt. Darsie sagt, ich vergesse alles, aber Sie sehen, ich habe es nicht vergessen. Carmona war auch einmal mit Alan verlobt – nachdem er Darsie verlassen hatte und alles so schrecklich wurde. Aber er verließ auch Carmona. Er war einfach so." Ihre leiernde Stimme wurde plötzlich hart und zornig. „Er war durch und durch böse! Und deswegen mußte er bestraft werden. Alles Böse wird bestraft! So steht es in der Bibel."

Ihre Erregung wuchs, und die Worte sprudelten nun förmlich aus ihr heraus. „Auch Alan hat seine Strafe bekommen, jawohl. Er ist erstochen worden, wissen Sie. Er ist tot. Das Messer steckte in seinem Rücken, nur der Griff schaute noch heraus, und Alan war ganz tot. Nun kann er niemand mehr unglücklich machen. Er war böse, und er hat seine gerechte Strafe erhalten. Sie glauben ja gar nicht, wie hübsch meine kleine Darsie war und wie fröhlich ..."

Mit einem Ruck wurde die Tür aufgerissen. Darsie Anning, bleich und mit dunklen Schatten unter den Augen, kam herein und sagte mit ausdrucksloser Stimme: „Meine Mutter ist nicht in der Verfassung, Besuche zu empfangen, Miss Silver. Marie hätte Ihnen das sagen sollen. Würden Sie jetzt bitte gehen?"

Miss Silver erhob sich und sagte zu Mrs. Anning: „Ruhen Sie sich gut aus, meine Liebe. Auf Wiedersehen ..."

Darsie schloß die Tür von außen, und Miss Silver bemerkte: „Ich fürchte, ich bin einfach hereingeplatzt. Eigentlich wollte ich Sie sprechen. Haben Sie ein paar Minuten Zeit?"

Darsie zögerte einen Moment, dann nickte sie und ging voraus in ihr kleines Büro, wo sie sich ans Fenster stellte und

hinausstarrte. „Was wünschen Sie?“
„Wollen wir uns nicht einen Augenblick setzen?“ schlug Miss Silver vor.
„Danke, ich stehe lieber.“ Darsie schien unter einer starken Spannung zu stehen, die sie nur mühsam unterdrückte.
Miss Silver rückte sich einen Stuhl zurecht und setzte sich umständlich. „Ich wollte Sie sprechen, weil die Polizei im Begriff ist, Mrs. Maybury zu verhaften.“
„Mrs. Maybury? Warum?“ Es schien Darsie nicht wirklich zu interessieren, ihre Gedanken waren woanders.
„Wegen gewisser Indizien, zu denen ich mich nicht näher äußern möchte.“
„Und was geht mich das an?“
„Ich glaube nicht, daß Mrs. Maybury eine Mörderin ist. Und ich denke, Sie könnten mir einiges erzählen, was Licht in die Sache bringt.“
„Ich? Bestimmt nicht.“
Es entstand eine kleine Pause. Dann sagte Miss Silver mit einem mitleidigen Blick: „Miss Anning, ich respektiere ihre Gefühle. Aber ich kann nicht zulassen, daß ein unschuldiger Mensch eingesperrt wird. Möchten Sie wissen, was ich Mittwoch nacht gehört und gesehen habe?“
„Sie?“
Miss Silver seufzte. „Die Nacht war schwül, wie Sie sich erinnern werden. Ich konnte nicht schlafen und setzte mich ans offene Fenster, um Luft zu schöpfen und den Blick über die nächtliche Bucht zu genießen. Auf einmal hörte ich das hintere Gartentor knarren, das zum Klippenpfad führt. Und dann kamen Schritte durch den Garten. Es waren zwei Personen, die aufs Haus zukamen. Wenige Augenblicke

später hörte ich Mrs. Anning reden. Und Sie antworteten. Sie befanden sich direkt unter meinem Fenster, so daß ich jedes Wort verstand. Ihre Frau Mutter sagte: ‚Ich habe immer gewußt, er wird eines Tages bestraft.' Und Sie sagten: „Um Himmels willen, halt den Mund, Mutter!'"

Es gab eine kleine Pause. Dann sagte Darsie: „Und?"

„Sie gingen durch die Terrassentür ins Haus", fuhr Miss Silver fort, „und ich hörte Sie beide die Treppe heraufkommen. Ihre Mutter war offensichtlich äußerst erregt, denn Sie mußten über eine Stunde bei ihr bleiben."

„Sie haben uns belauscht!" murmelte Darsie verächtlich.

Miss Silver zuckte zurück und sagte kühl: „Ich will diese Bemerkung Ihrer hochgradigen Nervosität zuschreiben, Miss Anning!"

„Sie sagten doch selbst, meine Mutter sei äußerst erregt gewesen. Wenn sie sich in dieser Stimmung befindet, geht sie manchmal in den Garten und weigert sich, wieder hereinzukommen. Ihre Gedanken kreisen um die Vergangenheit, und was sie redet, hat keinerlei Beziehung zur Gegenwart."

„Manchmal schon, glaube ich. Jedenfalls bezog sich das, was sie Mittwoch nacht sagte, auf Alan Field."

Darsie lachte heiser. „Was für ein Unsinn! Und was geht Sie das alles überhaupt an?"

Miss Silver seufzte. „Ursprünglich nichts. Aber inzwischen befasse ich mich beruflich mit dem Field-Fall. Sie wissen vielleicht, daß ich Privatdetektivin bin? Meine Klientin ist Pippa Maybury. Sie steht unter Verdacht. Sie hatte eine Verabredung mit Mr. Field – Mittwoch nacht. Er erpreßte sie, und sie sollte ihm ihre Perlen bringen. Miss Anning, Sie verstehen sicher, daß ich jeden Hinweis, der Pippa Maybury entlasten könnte, aufgreifen muß."

„Er hat sie erpreßt", flüsterte Darsie. Sie lachte bitter auf. „Aber warum eigentlich nicht?"

„Ich möchte Sie übrigens darauf aufmerksam machen, daß die Polizei bereits von Marie Bonnet weiß, daß Sie zu Mr. Field in einer ziemlich nachdrücklichen Weise sagten: ‚Dafür könnte ich dich umbringen!'"

„Marie!"

Miss Silver nickte. „Sie kam gerade durch die Halle, als meine Nichte die Tür öffnete. Und ich fürchte, Ethel wird Maries Aussage bestätigen müssen. Außerdem ist die Polizei darüber informiert, daß Sie ebenfalls einmal mit Alan Field verlobt waren. Das macht Sie automatisch verdächtig. Wenn nun noch bekannt wird, daß Mrs. Anning sich in der Mordnacht bei den Klippen aufgehalten hat und Sie ihr gefolgt sind..."

Darsie warf den Kopf zurück und sagte steif: „Sie machen aus einer Mücke einen Elefanten. Meine Mutter war nach draußen gelaufen, und ich holte sie zurück. Das ist alles. Würden Sie nun bitte gehen?"

„Gleich, Miss Anning. Aber vorher muß ich Ihnen noch etwas anderes sagen. Als ich Ihre Frau Mutter vorhin besuchte, sagte sie etwas Merkwürdiges zu mir. ‚Das Messer steckte in seinem Rücken, nur der Griff schaute noch heraus, und Alan war ganz tot.'"

Darsie zuckte zusammen, beherrschte sich aber sofort wieder. Sie schwieg mit zusammengebissenen Lippen.

„Sie wissen vermutlich, was das bedeutet?" fragte Miss Silver. „Die Presse hat keine Einzelheiten über den Mord veröffentlicht. Ihre Mutter beschrieb etwas, das sie gesehen hatte!"

Darsie, die die ganze Zeit über am Fenster gestanden hatte, ließ sich nun kraftlos auf einen Stuhl sinken.

„Meine Mutter lebt in einer Traumwelt", flüsterte sie heiser. „Es hat keine Bedeutung ... es ist reiner Zufall, daß ..." Ihre Stimme erstarb.

29

Die zwei jungen Leute, die zögernd vor der Polizeistation standen, hatten anscheinend eine kleine Auseinandersetzung. Frank Abbott fiel zuerst das Mädchen auf, das ungewöhnlich hübsch war. Ihr Begleiter schien sie zu etwas überreden zu wollen.

Es waren Myrtle Page aus dem örtlichen Schönheitssalon und ihr Freund Norman Evans, der beim Juwelier arbeitete.

Als Frank näherkam, hörte er das Mädchen sagen: „Ich habe versprochen, dich hier zu treffen. Aber ich habe nicht gesagt, daß ich mit hineingehe."

„Sei doch vernünftig, Myrtle ..."

„Bin ich. Und deshalb sage ich dir, wir haben schließlich nicht gesehen, daß sie ihn ermordet hat, oder?"

Nun hatte Frank die beiden vollends erreicht und sprach sie an.

Wenig später kam er zu seiner Verabredung mit Miss Silver an den Strand. Sie merkte sofort, daß er eine Neuigkeit mitbrachte.

„Ich fürchte, es sieht nicht gut aus für Pippa Maybury", sagte er nachdenklich.

„Wie kommen Sie darauf?"

Frank setzte sich neben sie in den Sand. „Zwei junge Leute gingen Dienstag nacht auf dem Klippenpfad spazieren. Sie hörten offenbar Teile eines Gesprächs zwischen Alan Field und Pippa Maybury. Pippa sagte: ‚Es ist schwer zu verstehen, daß dich noch niemand umgebracht hat.' Und Field: ‚Aber liebste Pippa, warum denn so stürmisch? Schau, da kommt jemand.'"

Miss Silver schwieg eine Weile und strickte eine ganze Reihe zu Ende, ehe sie sagte: „Ist Ihnen schon mal aufgefallen, Frank, wie oft solche Worte benutzt werden? Niemand achtet für gewöhnlich darauf. Es ist die Sprache der heutigen Jugend, weiter nichts. Es ist die moderne Art, der eigenen Persönlichkeit Gewicht zu verleihen. Keinem von ihnen würde einfallen, solche Worte in die Tat umzusetzen und einen Mord zu begehen."

Frank fuhr sich mit der Hand über die makellos nach hinten gekämmten Haare und sagte trocken: „Sie vergessen, daß wir seit Mittwoch tatsächlich eine Leiche haben. Und vierundzwanzig Stunden vorher hört man Pippa Maybury sagen: ‚Es ist schwer zu verstehen, daß dich noch niemand umgebracht hat.' Alles in allem hätten wir nun genügend Gründe, sie festzunehmen, das müssen Sie doch zugeben."

Miss Silver öffnete den Mund, um etwas zu erwidern, aber Frank kam ihr zuvor. „Natürlich werden Sie mir jetzt vorhalten, daß Darsie Annings Ausspruch ‚Dafür könnte ich dich umbringen!' eine wesentlich stärkere Drohung beinhaltet. Aber wir haben keinen ernsthaften Anhaltspunkt dafür, daß sie diese Drohung auch wahrgemacht hat."

Das zartrosa Strampelhöschen war nun fast fertig. Miss

Silver ließ es auf ihre Knie sinken und sagte: „Ich fürchte, lieber Frank, ich habe Ihnen eine Information vorenthalten."

Er zog eine Augenbraue hoch. „So?"

Miss Silver nickte. Dann berichtete sie von ihrem Gespräch mit Mrs. Anning und Darsie und schloß: „Die Kranke hat schon oft davon gesprochen, daß Field bestraft werden müsse. Aber diesmal benutzte sie die Worte: ‚Er hat seine Strafe erhalten. Das Messer steckte in seinem Rücken, nur der Griff schaute noch heraus, und Alan war ganz tot.'"

Frank pfiff leise durch die Zähne. „Das Messer – sind Sie sicher, daß sie das Messer erwähnt hat?"

„Selbstverständlich bin ich sicher."

„Dann hat sie die Leiche gesehen."

Miss Silver nickte. „Das denke ich auch."

„Sie könnte doch selbst ... Wie verrückt ist sie eigentlich?"

Miss Silver wählte ihre Worte bedächtig. „Nun, ich bin natürlich keine Expertin. Mein Eindruck ist, daß ein starker Schock sie verwirrt hat. Seitdem lebt ihr Geist offenbar in der Vergangenheit. Die Rückkehr von Alan Field rief schmerzliche Erinnerungen wach, die – so stelle ich mir vor – die Barriere zwischen Vergangenheit und Gegenwart niedergerissen haben."

„Denken Sie, sie hat ihn umgebracht?"

„Ich denke, sie hat die Leiche gesehen. Wer der Mörder ist, weiß ich nicht."

Frank erhob sich und klopfte sich den Sand aus dem Anzug. „Wie die Dinge liegen, könnte es auch Darsie gewesen sein. Wie spät war es, als Sie die beiden durch den Garten kommen sahen?"

Miss Silver hob die Schultern. „Keine Ahnung. Es war ja

nicht anzunehmen, daß der kleine Zwischenfall von Bedeutung werden würde. Ich habe kein Licht gemacht und nicht auf die Uhr gesehen."

„Bedauerlich, wirklich! Denn alles hängt vom Zeitpunkt ab. Pippas Verabredung war zwanzig nach zwölf. Wenn Field zu diesem Zeitpunkt schon tot war, war vor ihr jemand dortgewesen. Wenn es die Annings waren, könnte eine von ihnen die Mörderin sein. Sind sie aber nach Pippa Maybury gekommen, dann haben sie nur die Leiche gesehen ... Wir gehen mal davon aus, daß Field noch eine frühere Verabredung als die mit Pippa hatte. Nehmen wir an, er trifft sich mit Darsie. Ihre Mutter folgt ihr. Es gibt einen neuen erbitterten Streit, und eine der beiden ersticht ihn." Er schaute auf die Uhr. „Ich muß mich beeilen, um Colt noch anzutreffen. Sie haben nicht zufällig noch ein weiteres As im Ärmel? Irgendeinen Verdacht zum Beispiel?"

„Nein, Frank."

Sie sah ihm nach, wie er über den Kies zum Klippenpfad hinaufging. Verdacht und Vermutung zwaren zweierlei. Frank hatte sie nur nach einem Verdacht gefragt.

Sie seufzte, nahm ihr Strickzeug auf und begann, die Maschen abzuketten. Das zartrosa Strampelhöschen war fertig.

30

Marie Bonnet war im Zweifel, was sie tun sollte. Wo lag ihr Vorteil? Die Entscheidung fiel ihr schwer.

Was Cardozo betraf, so war klar, daß er nach ihrer Pfeife tanzen mußte, wenn er nicht in eine höchst unangenehme Situation geraten wollte. Schließlich könnte sie zur Polizei gehen und behaupten, sie sei zwar in der Mordnacht mit ihm zusammengewesen, hätte sich aber für ein Weilchen auf dem Gras zwischen den Felsen niedergelassen und sei dabei eingeschlafen. Wie lange? Nun, wer schaut an einem solchen Abend schon auf die Uhr? Jedenfalls hätte Cardozo so die Möglichkeit gehabt, zum Strand hinunterzugehen, Alan Field zu ermorden und unbemerkt wieder zu ihr zurückzukommen.

Bis zu diesem Punkt war Marie mit ihren Überlegungen zufrieden. Cardozo befand sich in ihrer Hand. Aber was sollte sie verlangen? Er hatte das gesuchte Dokument gefunden und geschworen, Alan Field habe es seinem Bruder Felipe gestohlen und ihn umgebracht. In dem dramatischen Augenblick, als er das Papier in der Hand hielt und von der Leiche abließ, hatte er es nicht für sich behalten können. Er hatte ihr von dem Schatz erzählt, und er war so erregt gewesen, daß sie Mühe hatte, ihn wegzubringen, ehe sie gesehen wurden.

Aber dieses Dokument, von dem José sich das große Geld

versprach, war für sie im Augenblick keinen Pfifferling wert. Er mußte erst nach Südamerika gehen, und wenn erst einmal der Atlantik zwischen ihnen lag, konnte sie leicht das Nachsehen haben. Gewiß, sie könnte ihn zu einer Heirat zwingen, aber ein solcher Schritt wollte gut überlegt sein. Möglicherweise entpuppte sich der Schatz als Niete? Und was sie vorher aus ihm herausholen konnte, war leider nicht viel. Fünfzig Pfund vielleicht, höchstens hundert...

Da war es tatsächlich sinnvoller, die andere Quelle anzuzapfen. Sie hatte bis jetzt nichts in dieser Richtung unternommen. Aber sie kam immer mehr zu dem Schluß, daß das die lukrativere und sicherere Möglichkeit war. Mit dem, was sie wußte, konnte gar nichts schiefgehen...

Marie war langsam die Straße entlanggeschlendert und an einem Schaufenster mit Bademoden stehengeblieben. Jetzt, da sie ihre Entscheidung getroffen hatte, gab sie sich einen Ruck und machte sich auf den Weg zu der Telefonzelle an der Ecke.

Die Unterhaltung fiel sehr kurz aus. Zuerst mußte sie warten, bis die Person, die sie zu sprechen wünschte, ans Telefon gerufen wurde. Danach gab es nur wenige Worte.

Marie sagte: „Isch 'abe Sie Mittwoch nascht gesehen. Isch kann Ihnen schildern, wo Sie standen und was Sie taten. Bis jetzt 'abe isch zu niemand darüber geredet. Aber mein Gewissen drückt misch..."

Als sie keine Antwort bekam, zuckte sie ungeduldig die Schulter und sagte scharf: „Es wäre besser für Sie, Sie würden sisch mit mir treffen."

Diesmal erhielt sie eine Antwort. Sie bestand aus einem einzigen Wort, das sehr langsam gesprochen wurde: „Ja."

„Wo?“ fragte Marie. Und im nächsten Augenblick fiel ihr etwas ein. Rasch korrigierte sie sich: „Nischt auf dem Klippenweg und nischt unten am Strand. Es muß im ’aus sein.“

Es entstand eine kleine Pause. Dann sagte die Stimme am anderen Ende der Leitung: „Warum nicht?“

31

„Und was, verdammt, nützt uns das?“ brummte Inspektor Colt, nachdem sie zwei Stunden in Darsie Annings Pension zugebracht hatten. „Wir haben mehr Verdächtige, als wir brauchen können. Pippa Maybury bleibt nach meiner Auffassung Nummer eins. Auch Cardozo könnte es gewesen sein. Schön, er hat ein Alibi, aber der Teufel soll mich holen, wenn diese Marie Bonnet nicht lügt! Ich verstehe mich auf derlei Dinge. Und jetzt noch die Annings! Glauben Sie wirklich, die alte Frau hat Field mit dem Messer im Rücken gesehen?“

Frank Abbott nickte. „Sie redet eine Menge wirres Zeug, aber was sie Miss Silver gegenüber äußerte, war klar genug. Sie mag ihrer Tochter gefolgt sein – oder Field, um ihn zu ‚bestrafen‘. Wer weiß, was in einem kranken Kopf vorgeht. Oder sie lief, wie Darsie behauptet, einfach weg und sah die Leiche zufällig.“

Colt stöhnte. „Was bringt uns das schon? Eine Irre im Zeugenstand – ich bitte Sie! Und was die Tochter betrifft, die bleibt garantiert bei ihrer Version. Jedenfalls können wir ihr nichts anderes beweisen.“

„Wie sie sagt, ging ihre Verlobung mit Alan Field auseinander, weil sie beide kein Geld hatten. Ihre Mutter schien nach dem Tod ihres Mannes und den drückenden finanziellen Sorgen diesen neuen Kummer nicht mehr verkraftet zu haben – das klingt doch recht plausibel."

„Alles an diesem Fall klingt plausibel", murmelte Colt, „das ist es ja eben!"

Miss Silver verbrachte den Rest des Nachmittags als Zuhörerin. Kurz nachdem Frank Abbott gegangen war, kam Mrs. Field zum Strand. Sie hatte ihre Fassung wiedererlangt und empfand das Bedürfnis, über den seligen Penderel und ihren Stiefsohn Alan zu reden.

„In mancher Hinsicht ähnelten sie sich sehr", sagte sie. „Sie hatten beide eine Vorliebe für die schönen Dinge des Lebens. Für Alan war das verhängnisvoll, es brachte ihn auf den falschen Weg. Er hatte nicht die Begabung seines Vaters, wohl aber dessen Künstlertemperament. Es machte ihn allzu sorglos in Gelddingen. Deshalb hielt ich es auch nicht für richtig, ihm etwas zu leihen. Und er konnte nicht nein sagen. Auch Penderel konnte das nicht. Manchmal wurde es richtig peinlich, wie die Frauen hinter ihm her waren – er sah genauso gut aus die Alan, wissen Sie. Er wollte sie nicht vor den Kopf stoßen, und so wurde es manchmal eben peinlich. Deswegen habe ich mich auch so aufgeregt, als Alan davon sprach, die Briefe seines Vaters zu veröffentlichen."

Miss Silver nähte die Seitenteile des rosafarbenen Strampelhöschens zusammen und sagte: „Hatte er das wirklich im Sinn?"

Esther nickte. „Ich war krank, als Penderel starb, wissen

Sie. Und Alan mußte die ganzen Papiere durchsehen. Es waren Briefe darunter – ein junges Mädchen hatte sie geschrieben. Sie war in Penderel verliebt, und er wollte sie nicht kränken. ‚Wozu?' pflegte er zu sagen. ‚Es ist wie eine Kinderkrankheit, die kommt und vorübergeht.'"

„Ist das öfter vorgekommen?" forschte Miss Silver vorsichtig.

„O ja", sagte Esther freimütig. „Es war nichts dabei. Eine Art Heldenverehrung, verstehen Sie? Aber das mit den Briefen war nicht recht von Alan! Die Leute denken immer das Schlechteste. Und in diesem Fall ... Nun, Alan hat es mir nicht gesagt, aber ich denke, ich weiß, wer das Mädchen war. Penderel hätte die Briefe nicht aufbewahren sollen! Wenn Alan sie veröffentlicht hätte – für ihre Familie wäre das entsetzlich gewesen!"

„Für ihre Familie, sagen Sie? Und für das Mädchen selbst?"

„Oh, sie ist tot. Sie ist vor zehn Jahren gestorben. Es war ein fürchterlicher Schlag für Penderel."

„Ein Unfall?" fragte Miss Silver.

Auf Esthers Gesicht erschien ein zweifelnder Ausdruck. „Ich weiß nicht ... ja, ich denke schon. Es muß ein Unfall gewesen sein. Sie schwamm zu weit hinaus und ertrank. Sie muß einen Krampf bekommen haben – eine grauenhafte Tragödie ..."

„Grauenhaft, wirklich", pflichtete Miss Silver bei.

Esther seufzte. „Es ist nicht gut, diese alten Dinge auszugraben. Die Gegenwart ist schon schlimm genug. Armer Alan!"

Sie begannen, ihre Sachen einzupacken und gingen dann zusammen über den Serpentinenweg zum Haus hinauf.

Miss Silver begab sich in ihr Zimmer, um sich zum Dinner umzuziehen. Sie wählte das dunkelblaue Seidenkleid, zu dem Ethel Burkett sie bei einem ausgedehnten Einkaufsbummel überredet hatte. Und als sie fertig angezogen war, wirkte sie wieder einmal wie dem Fotoalbum ihrer Ahnen entstiegen.

Im Eßzimmer stieß sie auf Maisie Trevor, die gelangweilt in einem Buch blätterte. Ihre Erscheinung war für Miss Silver jedesmal ein kleiner Schock. Diesmal trug Maisie ein schreiend buntes, teenagerhaftes Kleid und hatte die Haare nach der neuesten Mode frisiert. Sie war hocherfreut, in Miss Silver eine Gesprächspartnerin zu finden, und warf ihr Buch sofort achtlos in die Ecke.

Auch Esther Field hatte sich auf ihr Zimmer begeben. Sie beglückwünschte sich im stillen, daß sie das schlichte, dunkelgraue Leinenkleid eingepackt hatte und war dankbar, daß heutzutage niemand mehr erwartete, daß man als Trauernde ganz in Schwarz ging. Übertreibungen allerdings fand sie geschmacklos, und mit Schaudern dachte sie an die junge Witwe in ihrer Nachbarschaft, die doch tatsächlich drei Monate nach dem Tod ihres Mannes karierte Hosen getragen hatte.

Während sie in das Graue schlüpfte, fühlte sie sich gelöst und erleichtert. Das Gespräch mit Miss Silver hatte ihr gutgetan. Aber hoffentlich hatte sie nicht zuviel gesagt? Vielleicht waren die Briefe, die Alan veröffentlichen wollte, von einer ganz anderen Frau? Sie hatte ja selbst nicht an Irene gedacht – anfangs. Arme, kleine Irene! So jung, so hübsch – und auf so tragische Weise umgekommen! Aber was immer sie geschrieben haben mochte, niemand würde es mehr zu lesen bekommen. Energisch schüttelte Esther den Kopf.

Nein, sobald sie nach Hause kam, würde sie die Briefe suchen und verbrennen . . .

Unten im Eßzimmer war Maisie Trevor in ihrem Element. Sie überschwemmte ihr Gegenüber mit Familienklatsch.

Miss Silver beschloß, die restliche rosa Wolle zu einem Babymützchen zu verarbeiten und begann gelassen zu strikken, während Maisie sich über Carmonas Eltern ausließ.

„George Leigh sah wirklich fabelhaft aus – im Gegensatz zu Carmona, an der eigentlich nichts Besonderes ist. Alle Mädchen liefen ihm nach. Sogar ich . . " Sie kicherte selbstgefällig. „Aber er hatte nur Augen für Adela – bis sie ihm den Laufpaß gab. Geoffrey Castleton war natürlich die entschieden bessere Partie! Daß George dann Monica heiratete, habe ich nie verstanden. Sie war ein liebes Ding, gewiß, aber kein Vergleich mit Adela! Adela hatte einfach alles . . ."

„Weniger ist manchmal mehr", warf Miss Silver philosophisch ein.

„Meinen Sie? Darüber habe ich nie nachgedacht" plapperte Maisie. „Aber Adela war wirklich in allem phantastisch. Sie sah phantastisch aus, war eine phantastische Tänzerin, Schwimmerin und Fechterin, sie spielte phantastisch Tennis – und alles fiel ihr so leicht. Nur ein bißchen kaltherzig erschien sie mir immer. Jemand sagte mal von ihr – ich glaube, es war Jennifer Rae oder Mary Bond oder Jill Carstairs oder Esther . . . nein, Esther nicht. Sie sagt über niemand etwas Unfreundliches. Oh, was wollte ich eigentlich erzählen?"

„Irgend etwas, das über Lady Castleton gesagt wurde", half Miss Silver.

„Ja, richtig! Und jetzt weiß ich sogar – es war Jean Elliot. Sie war nämlich schrecklich verliebt in George Leigh und fürchterlich eifersüchtig auf Adela. Sie sagte: ,Wenn man alles kann und alles ist und alles hat, dann bleibt wenig Raum für gewöhnliche menschliche Gefühle.' Und in gewisser Weise hatte sie recht. Adela macht sich nichts aus anderen Menschen. Auch ihre Heirat war nur eine Sprosse auf der Erfolgsleiter. Geoffrey war Diplomat, wissen Sie. Er starb sehr früh. Adela heiratete nicht wieder, ihr war nur der Erfolg wichtig. Sie steht im Blickpunkt der Öffentlichkeit, sie spricht im Rundfunk und all so was. Ich glaube, der einzige Mensch, an dem ihr je etwas lag, war Irene..."

Esther Field und Lady Castleton betraten das Eßzimmer gerade in dem Augenblick, als Miss Silver fragte: „Und wer ist Irene?"

32

Es entstand betretenes Schweigen. Miss Silver war sich sofort darüber klar, daß sie etwas ausgesprochen hatte, was besser nicht gesagt worden wäre. Aber sie war sich keiner Schuld bewußt.

Als der Name „Irene" gefallen war, hatte Lady Castleton fast die Mitte des Raumes erreicht. Sie zuckte unmerklich zusammen und blieb einen Augenblick stehen – groß und schlank und hoheitsvoll.

„Ich denke, Mrs. Trevor sprach von meiner Schwester, die vor zehn Jahren starb", sagte sie. Dann folgte sie Esther hinaus auf die Terrasse.

Maisie Trevors Gesicht hatte sich gerötet. Rasch griff sie ein neues Thema auf und begann darauf loszuplappern. Aber kaum befanden sich Adela und Esther außer Hörweite, unterdrückte Miss Silver ihr sonst so ausgeprägtes Taktgefühl und sagte: „Ich hoffe, ich habe Lady Castleton nicht in Verlegenheit gebracht."

Maisie lächelte breit. „Es ist nicht so leicht, Adela in Verlegenheit zu bringen. Wie Sie sehen, macht sie höchstens eine gnädige Bemerkung und segelt wie eine Luxusjacht an Ihnen vorbei."

Miss Silver zählte die Maschen auf ihrer Stricknadel nach. Dann sagte sie: „Manchmal tut es weh, unerwartet den Namen eines Verstorbenen zu hören, der einem nahestand. Ich hoffe, ich habe keine schmerzlichen Erinnerungen wachgerufen ..."

Maisie beugte sich eifrig vor und senkte die Stimme. „Es war wirklich eine Tragödie, müssen Sie wissen. Irene war wunderschön, so schön wie Adela – nein, schöner. Sie hatte mehr Wärme, wenn Sie verstehen, was ich meine. Und sie war nicht so scheußlich perfekt in allem."

„Sie ist so jung gestorben? Wie traurig!"

Maisie nickte heftig. „Sehr traurig! Sie ist ertrunken. Man sagt, sie hätte einen Krampf bekommen ..."

Miss Silver war nicht ganz sicher, ob in dem ‚man sagt' ein gewisser Unterton mitgeschwungen hatte. Aber sie kam nicht dazu, weiter darüber nachzudenken, denn Maisie Trevor war bereits wieder voll in Fahrt.

Schreckliche Sache, so ein Krampf! Man sollte zwar besser nicht darüber reden, für den Fall, daß Adela wieder hereinkam. Aber sie hing so sehr an Irene, wirklich! Vielleicht, weil sie selbst keine Kinder hatte. Aber andererseits mußte das nichts bedeuten. Auch Tom und sie hatten keine Kinder, und Maisie fühlte sich alles andere als unglücklich darüber. Kinder waren so schrecklich nervtötend, nicht wahr? Und was später aus ihnen wurde, konnte man nie wissen. Alle diese Scheidungen und Skandale! Und wie die Jugend heutzutage war – so nachlässig gekleidet, so rüpelhaft, so ohne Stil...

Pippa Maybury kam in einem scharlachroten Trägerkleid herunter, dessen Oberteil einen mehr als großzügigen Einblick gestattete. Ihr Lidschatten war eine gute Nuance zu kräftig aufgetragen. Lippenstift und Nagellack, auf den Farbton des Kleides abgestimmt, wirkten viel zu grell.

Carmona hatte gerade die Halle durchquert und blieb entsetzt stehen. „Pippa!"

„Ja, ja, ich weiß... ‚Liebling, geh rauf und zieh dir etwas Hübsches, Unauffälliges an!' Das werde ich nicht tun! Nicht für dich und auch für sonst niemand! Morgen sperren sie mich in eine finstere Zelle – aber heute abend will ich noch einmal ich selber sein!"

Hinter ihr kam James Hardwick in die Halle. Mit einem bedeutungsvollen Seitenblick auf Carmona sagte er: „Aha – laßt uns trinken und fröhlich sein, denn morgen schon sind wir tot..."

Pippa warf ihm eine Kußhand zu und rauschte ins Eßzimmer.

„So ungefähr fühlt sie sich", sagte Carmona bedrückt. „Wo ist Bill, James? Sie möchte ihn unbedingt fernhalten, aber ich finde, er sollte herkommen."

Er nickte. „Komm, wir müssen reingehen."

„James – wenn sie Pippa einsperren..."

„Ich glaube nicht, daß sie das tun."

„Ich kann mir nicht vorstellen, weshalb sie es nicht tun sollten."

James zuckte die Schulter. „Vielleicht, weil sie es wirklich nicht getan hat."

In Carmonas Kopf schlug plötzlich eine kleine Alarmglocke an. „Du... du sagst das so eigenartig", flüsterte sie. „Warum?"

Aber sie erhielt keine Antwort. James hatte bereits das Eßzimmer betreten.

33

Für Miss Silver wurde es ein sehr interessanter Abend. Sie redete nicht viel, hörte aber um so aufmerksamer zu.

Nach dem Dinner begann Lady Castleton ihre Patience auszulegen. Miss Silver rückte ihren Stuhl näher und sagte: „Stört es Sie, wenn ich ein wenig zusehe?"

„Durchaus nicht", murmelte Adela Castleton höflich, ohne von ihren Karten hochzuschauen.

Colonel Trevors Gesicht verschwand, wie jeden Abend, hinter der *Times*. Manchmal schlief er dabei ein, und Maisie hatte gelernt, daß es besser war, ihn dann nicht zu wecken. Sie selbst beschäftigte sich begeistert mit der jüngsten Ausgabe von *Vogue* und sparte nicht mit lauten Kommentaren über den neuesten Pariser Chic.

Esther hatte ihr hoffnungslos mißratenes Strickzeug gegen

eine Stickarbeit ausgetauscht. Sie versah ein Spitzentaschentuch, das sie Carmona schenken wollte, mit den kunstvoll geschwungenen Initialen C. H. Ihr friedliches Gemüt war wieder einigermaßen im Gleichgewicht, und ihre sanften, braunen Augen ruhten wohlgefällig auf dem feinen weißen Battist, den sie bestickte.

Die jüngeren Hausbewohner hatten sich zusammengesetzt. James Hardwick las in einem Nachrichtenmagazin, Pippa blätterte lustlos in einer Illustrierten, während sie sich eine Zigarette nach der anderen ansteckte und sie halbgeraucht in dem riesigen Aschbecher ausdrückte, den Oktavius Hardwick vor Jahrzehnten bei einem Golfturnier gewonnen hatte.

Nach einer Weile stand James auf, legte sein Magazin weg und ging auf die Terrasse hinaus. Miss Silver beobachtete ihn aus dem Augenwinkel und sagte, ohne einen der Anwesenden direkt anzusprechen: „Ein wundervoller Sommerabend. Man sollte ihn nicht ungenutzt verstreichen lassen. Ich denke, Major Hardwick wird nichts dagegen haben, wenn ich seine Gesellschaft ein wenig in Anspruch nehme."

Das rosafarbene Strickzeug verschwand in ihrem Handarbeitskorb.

„Gewiß nicht", versicherte Carmona.

Unter der Terrassentür warf Miss Silver einen kurzen Blick zurück. Pippa und Carmona sahen ihr nach, während Lady Castleton mit unbewegtem Gesicht ein Pik-As auflegte.

Die Luft auf der Terrasse war herrlich erfrischend. James Hardwick hörte Schritte hinter sich und fragte sich, wer ihm gefolgt sein mochte.

„Sie wünschen vielleicht allein zu sein", sagte Miss Silvers

Stimme. „Aber ich wüßte eine kleine Unterhaltung mit Ihnen sehr zu schätzen. Gehen wir ein Stück durch den Garten und hinaus zu den Klippen? Die frische Brise wird uns guttun."

„Sie meinen, ich hab's dringend nötig?" erwiderte er trocken.

„Ich denke, ja."

Sie schlenderten über den Kiesweg an Oktavius Hardwicks scheußlichen Skulpturen vorbei und sprachen nicht, bis sie durch das Gartentor den Klippenweg erreicht hatten. Dann sagte James: „Worüber möchten Sie mit mir reden?"

„Über Mrs. Maybury."

„Was könnte ich dazu sagen?"

„Eine ganze Menge vermutlich."

„Zum Beispiel?"

„Sie hält nicht mehr lange durch, wissen Sie das? Sie ist am Ende ihrer Kraft."

„Abbott ist ein Freund von Ihnen. Wird er sie verhaften?"

„Nicht sofort."

„Was hält ihn zurück?"

„Die Tatsache, daß ich ihr glaube. Und außerdem ...", sie zögerte, ehe sie weitersprach. „Es gibt neue Hinweise."

„Neue Verdächtige?"

Miss Silver seufzte. „Es ist ein verwirrender, komplizierter Fall, würde ich sagen. Wissen Sie, wo sich Major Maybury aufhält? Er sollte herkommen."

„Er fliegt aus Deutschland herüber. Er ist bereits unterwegs. Ich habe mich heute früh mit ihm in Verbindung gesetzt."

„Das freut mich. Sie stand die ganze Zeit unter einem schrecklichen Druck. Haben Sie das bedacht?"

„Ich?"

„Ja, Sie."

Sie waren langsam an den Küstenfelsen entlanggegangen. Nun blieb er stehen und wandte sich ihr zu. „Was meinen Sie damit?"

„Das wissen Sie, glaube ich, ganz gut."

„Nicht im geringsten."

„Sie haben der Polizei eine wichtige Information verschwiegen."

„Wie kommen Sie darauf?" Seine Worte waren in ihrer schroffen Kürze gerade noch in den Grenzen der Höflichkeit gehalten.

Miss Silver schwieg einen Moment, dann sagte sie: „Ich bin eine gute Beobachterin. Und viele Kleinigkeiten fügen sich für gewöhnlich zu einem kompakten Eindruck zusammen."

„Welchen Eindruck haben Sie demnach gewonnen?"

Sie nahmen ihren Spaziergang wieder auf, und Miss Silver antwortete bedächtig: „Sie stehen unter einer beachtlichen Anspannung, Mr. Hardwick."

Er lachte auf. „Ist das verwunderlich? Ein Mann wurde praktisch auf meiner Türschwelle ermordet."

„Das meine ich nicht, und Sie wissen das. Ich habe Sie beobachtet und bin zu dem Schluß gekommen, daß Sie etwas gesehen oder gehört haben, das Sie der Polizei mitteilen sollten. Zuerst dachte ich, es beträfe Sie persönlich, zumal Ihre Frau unter einer ähnlichen Belastung zu leiden schien. Aber dann fuhren Sie mit ihr im Auto weg, und danach war sie wie ausgewechselt – eine Zentnerlast schien von ihren Schultern genommen. Sie selbst aber waren nicht im geringsten erleichtert durch die Aussprache."

„Ich ... ich kann Sie nicht daran hindern, kühne Vermutungen anzustellen, liebe Miss Silver. Aber glauben Sie im Ernst, daß Sie damit Pippa Maybury helfen?"

„O ja!"

Ihr ernster Tonfall erregte seine Aufmerksamkeit. Er sagte nichts und wartete gespannt, bis sie fortfuhr.

„Ihr Ankleidezimmer liegt zum Garten hinaus, ebenso ihr Schlafzimmer. In einer warmen Nacht wie an jenem Mittwoch waren die Fenster vermutlich geöffnet. Ich denke, Sie sahen oder hörten Mrs. Maybury durch den Garten eilen. Sie erzählte mir, sie hätte Schritte auf der Terrasse gehört, als sie durch das Türchen auf den Klippenpfad hinaustrat. Nachdem sie die Leiche entdeckt hatte und kopflos die Serpentinen heraufkeuchte, hatte sie den Eindruck, daß sich jemand auf dem Klippenpfad befand und sie beobachtete. Sie dachte, es sei der Mörder und rannte um ihr Leben."

34

„Schwer vorzustellen, daß ein Mörder bei den Klippen herumlungert, statt das Weite zu suchen", wandte James ein.

„Ich wollte gerade die gleiche Feststellung treffen. Wer immer Alan Field ermordet hat, wäre so rasch wie möglich verschwunden – es sei denn, jemand stand am oberen Ende der Serpentinen und schnitt ihm praktisch den Rückweg ab. Ich habe Gründe anzunehmen, daß die Person, die die Flucht des Mörders behinderte, Sie waren, Major."

„Sie haben wirklich eine rege Phantasie, Miss Silver."

„Erlauben Sie mir, fortzufahren. Ich denke, Sie folgten Pippa Maybury, als sie das Haus verließ. Einerseits wollten Sie sich zwar nicht in ihre privaten Angelegenheiten mischen, aber andererseits mochten Sie nicht zulassen, daß sie irgendeine Dummheit machte. Sie neigt, wie wir wissen, zu unüberlegten, törichten Handlungen. Und sie ist eine alte Freundin Ihrer Frau. Deshalb fühlten Sie sich als Gastgeber für sie verantwortlich."

An dieser Stelle machte James Hardwick eine Erfahrung, die Miss Silvers Klienten meist wohlbekannt war. Eine Mischung aus Ärger, Überraschung und Respekt wallte in ihm auf. Es schien sinnlos, sich zu verteidigen. Sie hatte ihm nicht nur auf den Kopf zugesagt, wo er in der Mordnacht gewesen war, sondern sie hatte auch die Motive für sein Schweigen erkannt. Dennoch machte er keine Anstalten, ihr rechtzugeben.

Miss Silver ließ eine Minute verstreichen, und als James nichts sagte, fuhr sie in ihren Erklärungen fort.

„Sie verstehen, welche Bedeutung Ihre Anwesenheit auf den Klippen hat? Das Blut an Pippas Kleid und andere Indizien weisen darauf hin, daß sie unmittelbar nach dem Mord auf die Leiche gestoßen sein mußte. Es ist ziemlich wahrscheinlich, daß der Mörder keine Zeit mehr hatte zu fliehen. Wenn Sie oben auf dem Klippenpfad auf Pippa gewartet haben, dann sind Sie der einzige, der darüber Auskunft geben könnte, ob sich eine weitere Person in der Nähe befunden hat."

James sagte wieder nichts. Aber als Miss Silver ihn lange von der Seite ansah, murmelte er: „Das sind alles pure Vermutungen."

Miss Silvers Stimme wurde eine Spur energischer. „Major

Hardwick, wenn Sie Pippa Maybury nicht gefolgt sind, wo waren Sie dann? Ihre Frau kümmerte sich länger als eine halbe Stunde um Pippa Maybury – im Bad, in der Küche, treppauf und treppab. Die ganze Zeit über hat sie Sie nicht erwähnt. Sie hat Sie nicht um Hilfe gebeten und auch keine Bedenken geäußert, daß Sie ihre Abwesenheit bemerken könnten. Und wissen Sie, warum? Weil ihr bekannt war, daß Sie sich nicht in Ihrem Zimmer aufhielten."

„Wir hatten das Haus voller Leute. Und niemand ist aufgewacht."

„Ja, ja, ich weiß." In Miss Silvers Stimme schwang eine Andeutung von Ungeduld mit. „Auch Lady Castleton, deren Zimmer direkt neben dem Ihren liegt, hat nichts gehört. Aber vergessen Sie nicht zu erwähnen, daß sie ein starkes Schlafmittel genommen hatte und Ihre Frau noch einmal bei ihr war, als sie bereits schlief... Ich will gar nicht weiter in Sie dringen. Was immer das Motiv für Ihr Schweigen ist, ich bitte Sie, die Folgen zu bedenken. Pippa Maybury – oder eine andere unschuldige Person – kann in Kürze verhaftet werden. Wissen Sie, was das bedeutet? Unglück, Kummer, Zerstörung eines Lebens. Dann müssen Sie sowieso sprechen. Außerdem ist da noch etwas, das Sie wissen sollten: Alan Field wurde von jemand ermordet, den er erpreßt hat. Ich habe Gründe zu vermuten, daß diese Person nun erneut erpreßt wird. Glauben Sie, daß jemand, der bereits ein Kapitalverbrechen auf dem Gewissen hat, vor einem zweiten Mord zurückschreckt? Bitte denken Sie darüber nach – und nicht allzu lange..."

Mit diesen Worten kehrte sie um und begann, zum Haus zurückzugehen. James Hardwick folgte ihr etwas benommen. Sie sprachen kein einziges Wort mehr, bis sie die Gartentür erreichten. Dort wandte sich Miss Silver an ihn.

„Sie sind nicht zufällig ein Bewunderer von Lord Tennyson?“

„O doch“, beeilte er sich zu sagen.

„Er ist oft verkannt worden. Leider. Erlauben Sie, daß ich ihn zitiere? ‚Weil wir das Recht kennen, leben wir ohne Furcht; das Recht zu mißachten, hieße die Weisheit verhöhnen.‘“

James fiel nichts ein, was er hätte erwidern können. Schweigend durchquerten sie den Garten.

Als sie durch die Terrassentür ins Wohnzimmer traten, hatte sich nichts verändert, außer daß Tom Trevor hinter der *Times* eingeschlafen war und Maisie herzhaft gähnte. Lady Castleton war wieder mit einer Patience beschäftigt, Esther Field stickte noch immer hingebungsvoll, und auf dem wuchtigen viktorianischen Sofa saßen die beiden jungen Frauen. Das Licht des großen Deckenlüsters zauberte schillernde Reflexe auf ihre Köpfe, und Pippas platinblonde Haarflut stand in einem seltsamen Kontrast zu Carmonas weichfallenden, dunklen Wellen.

Plötzlich geriet die stille Szene schlagartig in Bewegung. Beeston öffnete die Tür, und an ihm vorbei stürmte ein breitschultriger, sonnengebräunter Mann. Pippa riß die Augen auf und stieß einen Schrei aus. „Bill!“

Dann rannte sie auch schon quer durchs Zimmer und warf sich in seine Arme.

12 8229-14

35

Nächtliche Ruhe breitete sich über Cliffton aus. Das Wasser lag schwarz unter dem sanft schimmernden Nachthimmel. In den Häusern waren die meisten Lichter erloschen. Viele Bewohner schliefen bereits, andere konnten nicht einschlafen, weil ihnen die Schwüle zu schaffen machte, und manche schliefen nicht, weil ihre Gedanken sie nicht zur Ruhe kommen ließen.

Marie Bonnet hatte keine Schwierigkeiten, wachzubleiben. Sie war mit sich und ihrer klugen Entscheidung zufrieden. Die Angelegenheit mußte in aller Stille erledigt werden, und zwar hier. Solche Dinge konnte man nicht auf der Straße besprechen oder am Strand oder in einer Teestube. Die beiden Beteiligten durften nicht miteinander gesehen werden, auf gar keinen Fall! Mit José war das etwas anderes. Sollte irgend jemand sie zusammen beobachten, konnte es schlimmstenfalls etwas Klatsch geben. Er mochte ihr Liebhaber sein oder dergleichen. Aber die heutige Verabredung mußte unter allen Umständen geheim bleiben.

Gewiß, sie hätte den Klippenweg aussuchen können oder einen verborgenen Winkel unten am Strand. Aber war sie dumm? Nein, wirklich nicht. Wie leicht konnte man gestoßen werden und über die Klippen stürzen – ein bedauerlicher Unfall, würde man sagen. Und was konnte am Strand nicht alles passieren! Hatte es nicht bereits einen Toten dort gegeben?

Nein, Marie Bonnet war nicht von gestern. Sie konnte recht gut auf sich aufpassen, und sie würde sich nicht aus dem Haus begeben. Man konnte durchs Fenster verhandeln, und außerdem gab es gar nicht viel zu verhandeln. Sie wollte Geld haben, oder sie würde zur Polizei gehen. Lauter Ein-Pfund-Noten, und zwar innerhalb einer Woche...

Die Uhr von St. Mark schlug Mitternacht. Eine halbe Stunde noch, und Marie würde hinuntergehen und das Fenster im Eßzimmer hochschieben. Ein Spalt würde genügen – ein paar geflüsterte Worte, und alles würde klar sein. Niemand würde sie hören können. Das Zimmer von Mrs. Anning war dem Meer zugewandt, und Darsies Fenster ging zum Garten hinaus. Das einzige Schlafzimmer auf dieser Seite des Hauses war von der alten Miss Crouch belegt, und die würde nicht einmal einen Einsturz des Hauses wahrnehmen.

Fünfundzwanzig Minuten nach Mitternacht schlich Marie auf Strümpfen hinunter. Die Vorhänge im Eßzimmer waren nicht zugezogen worden, und die beiden großen Fenster hoben sich deutlich von der Dunkelheit des Raumes ab. Marie ging um den großen Tisch herum ans linke Fenster, löste die Verriegelung und schob die untere Hälfte etwas hoch. Sie hatte sich bereits vorher vergewissert, daß die Laufschiene geräuschlos funktionierte. Es gab nicht den geringsten Laut.

Der offene Spalt war breit genug für das, was sie vorhatte. Und er war schmal genug, daß niemand durch ihn eindringen konnte; beim kleinsten Versuch konnte sie das Fenster einfach heruntersausen lassen und blitzschnell verriegeln.

Angenehm kühle Nachtluft drang herein. Marie beugte sich herunter und brachte ihr Gesicht nahe an den Spalt. Es würde wirklich nicht viel zu reden geben. Sie würde sagen, was sie haben wollte, und die Summe mußte bezahlt werden. Was war schon Geld, wenn man damit verhindern konnte, des Mordes beschuldigt zu werden?

Einen Augenblick lang überlegte Marie, ob die Summe, die sie sich ausgedacht hatte, hoch genug war. Sie konnte durchaus mehr verlangen. Aber eine zu hohe Summe würde sie vielleicht in unnötige Gefahr bringen. Nun, sie konnte ja später wiederkommen und neue Forderungen stellen.

Die nächtliche Stille wurde durchbrochen von zwei lauten, dröhnenden Schlägen der Turmuhr von St. Mark. Ein Wunder, daß bei dem Krach niemand erwachte, aber die Bewohner von Cliffton-on-Sea schienen daran gewöhnt zu sein.

Ehe der letzte Schlag ganz verklungen war, sagte eine ruhige, tiefe Stimme durch den Fensterspalt: „Sind Sie da?“

Erschrocken fuhr Marie zurück. Sie hatte erwartet, leise, hastige Schritte auf dem Kiesweg zu hören und dann vielleicht ein erregtes Atmen in der Nähe des Fensters. Die ruhige, monotone Stimme, die unvermittelt aus dem Nichts kam, jagte ihr einen eisigen Schauer über den Rücken.

„Sind Sie da?“ wiederholte die Stimme.

Ärgerlich über sich selber zuckte Marie die Schulter. Hatte sie es nötig, so zu erschrecken? Hier war sie vollkommen sicher – dank ihrer klugen Vorsorge.

Sie brachte ihr Gesicht wieder nahe an den Fensterspalt und flüsterte: „Ja, isch bin da. Und wir müssen schnell sein. Es ist nischt gut, für Sie und für misch, wenn uns jemand ’ört.“

„Richtig“, sagte die Stimme. „Also, was wollen Sie von mir?“

„Isch ’abe es Ihnen gesagt. Isch ’abe Sie gesehen in die

Mord'ütte." Wie immer, wenn sie erregt war, verstärkte sich ihr Akzent. „Sie waren in der Ecke, wo die 'andtüscher 'ängen, als José in die 'ütte kam. Seine Taschenlampe 'at sie verraten."

„Er hat mich nicht gesehen."

„Aber isch. Und mein Gewissen drückt misch, wenn isch nischt zur Polizei gehe."

„Lassen wir Ihr Gewissen einmal beiseite", erwiderte die Stimme trocken. „Ich werde bezahlen. Wieviel verlangen Sie?"

Marie hatte nur eine Sekunde Zeit zum Nachdenken. Und in dieser Sekunde verdoppelte sie den Betrag, den sie sich ursprünglich vorgestellt hatte. Ein so reibungsloser Sieg war nicht zu erwarten gewesen. Sie müßte doch dumm sein, wenn sie nicht soviel wie möglich herausholen würde!

„Tausend Pfund", sagte sie rasch.

Sie erwartete einen empörten Widerspruch, aber statt dessen sagte die Stimme ruhig: „In Ordnung. Ich möchte die Sache ein für allemal erledigt wissen."

Ein für allemal? Nun, man würde sehen. Marie lächelte in der Dunkelheit.

Die Stimme von draußen sprach erneut. „Es ist keine weitere Verabredung notwendig. Ich habe das Geld mitgebracht."

„Aber... isch..." Marie stotterte überrascht. „Isch will lauter Ein-Pfund-Noten."

„Das habe ich mir gedacht", erwiderte die Stimme. „Ich bin selbst nicht daran interessiert, daß von dem Geld eine Spur zu mir führt. Sie werden nachzählen wollen, nehme ich an?"

„Gewiß", flüsterte Marie, heiser vor Erregung.

„Das Geld ist in meiner Tasche, gebündelt zu je fünfundzwanzig. – Wenn ich die Tasche über den Sims stoße, können sie es herausnehmen. Aber greifen sie richtig zu, die Tasche ist schwer."

O ja, tausend Pfund wogen schwer, auch wenn sie nur aus Papier waren! Ein Gefühl der Vorfreude durchrieselte Marie. Vielleicht hätte sie doch mehr verlangen sollen? Aber es war ja noch nicht aller Tage Abend...

Ein leises Geräusch unterbrach ihren Gedanken, und der Umriß einer Tasche erschien am Fenster. Marie streckte die Hand durch den Spalt. Aber die Tasche schien zu kippen, und im nächsten Augenblick würde sie wahrscheinlich außer Reichweite sein.

Gierig beugte sie sich vor und langte weit hinaus. In dem Moment fiel die Tasche vom Sims, aber das Geräusch drang nicht mehr in Maries Bewußtsein. Denn im gleichen Augenblick schlossen sich zwei starke Hände um ihre Kehle und drückten zu.

36

Darsie Anning war in einen tiefen, traumlosen Erschöpfungsschlaf gesunken. Aber sobald sie daraus erwachte, waren auch die Sorgen wieder gegenwärtig. Konnte das wirre Gerede einer kranken alten Frau ihr gefährlich werden? Nicht, wenn sie sich vorsah. Sie mußte mit ihrer Mutter sprechen und sie dazu bringen, künftig den Mund zu halten.

Ja, das wollte sie tun.

Während sie sich anzog, schlug die Uhr von St. Mark halb sieben. Es war ihre gewohnte Zeit. Pünktlich ging sie hinunter. Es war kein Laut zu hören. Die Stille berührte sie eigenartig. Marie hätte um diese Zeit längst an der Arbeit sein müssen.

Sie fand sie nicht in der Halle und auch nicht im Aufenthaltsraum. Darsie öffnete die Fenster, um frische Morgenluft hereinzulassen. Dann ging sie hinüber zum Eßzimmer. Auch dort waren die Fenster noch geschlossen. Der Raum wirkte stickig. Kopfschüttelnd durchquerte Darsie das Zimmer, um die Fenster zu öffnen. Und in diesem Augenblick erblickte sie Marie.

Sie lag unter dem linken Fenster. Darsie wußte sofort, daß sie tot war. Nur Tote hatten diese unnatürliche, steife Haltung. Sie fühlte Übelkeit in sich aufsteigen, aber sie beherrschte sich.

Ratlos sah sie sich um. Ihr Blick fiel auf das Fenster. Es war geschlossen, aber der Riegel war zurückgeschoben. Marie mußte das getan haben. Sie mußte das Fenster hochgehoben und den Tod hereingelassen haben.

Steifbeinig bewegte sich Darsie durch die Halle und begab sich in ihr Büro. Das Telefon stand auf dem Schreibtisch. Schwerfällig ließ sie sich auf dem Bürostuhl nieder und rief die Polizei an.

Fast zwei Stunden später wurde Miss Silver ans Telefon gerufen. Da der alte Oktavius Hardwick sich Zeit seines Lebens geweigert hatte, ein so störendes Gerät auf dem Schlafzimmerflur zu dulden, mußte sie sich in James Hardwicks Arbeitszimmer hinunterbegeben.

Es war Frank Abbott. An seiner ernsten Stimme erkannte sie sofort, daß etwas Außergewöhnliches vorlag.

„Ich bin in Annings Pension. Können Sie gleich mal herkommen?"

„Selbstverständlich. Ich komme sofort."

Ohne ein weiteres Wort abzuwarten, legte sie auf und holte aus ihrem Zimmer den unvermeidlichen Hut.

In der Halle begegnete sie James Hardwick, den sie davon in Kenntnis setzte, daß sie überraschend wegmußte.

„Ich fürchte, Mrs. Anning geht es nicht gut", setzte sie erklärend hinzu.

James bedachte sie mit einem seltsamen Blick und sagte: „Darf ich fragen, wer Sie angerufen hat?"

„Nein, das dürfen Sie nicht, Major Hardwick", sagte sie mit freundlicher Bestimmtheit.

Er blieb nachdenklich zurück, als sie eilig das Haus verließ. Dann kam Beeston auf ihn zu und sagte: „Ich muß Sie dringend sprechen, Sir. Es ist wichtig. Vielleicht in Ihrem Arbeitszimmer?"

James nickte und folgte Beeston, der vorausging.

„Was gibt's?"

Beeston schloß die Tür des Arbeitszimmers und sagte mit düsterer Miene: „Einen neuen Mord, Sir."

„Wer?"

„Das französische Mädchen von Miss Anning. Wurde erwürgt aufgefunden, heute früh. Der Zeitungsjunge brachte die Nachricht mit. Dem Bengel entgeht so leicht nichts. Ich ging sofort hin, und da war die Polizei und ein Ambulanzwagen und all das. Wenn Sie mich fragen, wußte das Mädchen irgend etwas und versuchte, dieses Wissen zu Geld zu machen. Darauf lassen auch einige hochnäsige Bemerkungen schließen, die sie gegenüber Mrs. Rogers machte."

James nickte und sagte: „Wir lassen die Damen zuerst frühstücken, ehe wir sie mit der schlechten Nachricht behelligen."

„Gewiß, Sir."

Miss Silver fand die Eingangstür offen. Die Ambulanz war bereits weg.

Frank Abbott kam ihr entgegen, geleitete sie ins Eßzimmer und schloß die Tür.

„Marie Bonnet ist ermordet worden – erwürgt. Bei dem Fenster dort drüben. Man hat sie gerade weggebracht."

„Furchtbar!" äußerte Miss Silver beherrscht, obwohl dieses neue Verbrechen sie wirklich entsetzte.

„Colt schwört darauf, daß es nur Miss Anning gewesen sein kann. Er will sie sofort verhaftet sehen."

„Gibt es einleuchtende Gründe dafür?"

„Kommen Sie mal her zum Fenster. Hier wurde sie gefunden, direkt unter dem Sims. Der Riegel war zurückgeschoben, aber das Fenster selbst geschlossen."

„Und was schließt Inspektor Colt daraus?"

„Daß Marie nachts heruntergekommen ist und das Fenster entriegelt hat. Nach Colts Auffassung blieb ihr dann keine Zeit mehr, das Fenster zu öffnen, weil Miss Anning sie überraschte und erwürgte, um sich dafür zu rächen, daß Marie sie des Mordes an Alan Field bezichtigt hatte."

Miss Silver seufzte mißbilligend. „Wer fand die Leiche?"

„Miss Anning – ihrer eigenen Aussage zufolge. Um halb

sieben. Marie lag hier unter dem Fenster, und Darsie rief sofort die Polizeistation an, sagt sie. Die Eingangstür war versperrt und alle Parterrefenster waren verriegelt."

„Bis auf dieses hier."

„Bis auf dieses hier", bestätigte Frank Abbott, „mit Maries Fingerabdrücken auf dem Riegel und überall."

„Keine Abdrücke von Miss Anning?"

„Nur ein paar alte, verwischte. Nichts von Bedeutung."

„Und von anderen Personen?"

„Nichts. Aber ehe ich es vergesse: Sie sind offiziell hier, um sich um Mrs. Anning zu kümmern, wenn Darsie verhaftet werden sollte."

Miss Silver schüttelte den Kopf. „Langsam, Frank, langsam. Ich muß Ihnen noch etwas sagen. Ich habe Grund zu der Annahme, daß Marie Bonnet den Mörder von Alan Field erpreßt hat."

„Wie kommen Sie darauf?"

„Durch eine Reihe von kleinen Hinweisen. Ich hörte zufällig ein Gespräch zwischen den Beestons und Mrs. Rogers."

Sie wiederholte die belauschte Unterhaltung wörtlich und fügte hinzu: „Später warnte ich Marie und erkannte an ihrer Reaktion, daß ich richtig vermutete."

„Wurde sie wütend?"

„Im Gegenteil. Sie machte ein unschuldiges Gesicht und konnte sich nicht vorstellen, wovon ich sprach. Wäre sie wirklich so unschuldig gewesen, hätte sie sich die Unterstellung wohl ziemlich temperamentvoll verbeten. Die Tatsache, daß sie so sorgfältig darauf bedacht war, ihren Impuls unter Kontrolle zu halten, kann nur bedeuten, daß sie etwas zu verbergen hatte."

Frank Abbott erlaubte sich eine kleine ungeduldige Handbewegung. „Wenn Sie denken, daß das Miss Anning entlastet, sind Sie im Irrtum. Gerade über sie kann Marie etwas Kompromittierendes gewußt haben – und vielleicht noch über Cardozo, aber der kommt diesmal als Mörder nicht in Frage. Wir ließen ihn gestern geschäftlich nach London fahren, aber unsere Kollegen dort hatten selbstverständlich ein Auge auf ihn."

„Sind Sie sicher?"

„Allerdings. Er war bis drei Uhr früh in einem Nachtclub in Soho."

Miss Silver seufzte. „Sagten Sie nicht, er sei geschäftlich nach London gefahren?"

„Nun, mag sein, daß er seine Geschäfte in Nachtclubs abwickelt. Jedenfalls kann er unmöglich hierhergefahren sein und Marie Bonnet umgebracht haben. Alles weist auf Darsie Anning hin."

Bekümmert schüttelte Miss Silver den Kopf. „Weshalb sollte sie sich mitten in der Nacht mit Marie im Eßzimmer verabredet haben?"

„Wie kommen Sie auf eine Verabredung?" fragte Frank erstaunt zurück.

„Wenn es sich um Erpressung handelte, muß Marie sich mit dem Mörder getroffen haben, um ihre Forderungen geltend zu machen. Bei Miss Anning wäre das ein Leichtes gewesen. Mit ihr konnte sie den ganzen Tag über unauffällig in Verbindung treten – in einem der Schlafzimmer, im Büro, überall. Also muß es jemand von außerhalb gewesen sein, den Marie zu nächtlicher Stunde treffen wollte. Und wo? Nun, sie war schlau. Sie hätte vermutlich nicht den Strand oder den

Klippenweg gewählt, um jemand zu sehen, der schon einmal gemordet hatte. Wahrscheinlich hielt sie das Haus für den sichersten Ort. Sie konnte sich ja durchs Fenster unterhalten . . ."

„Aber es war doch geschlossen", widersprach Frank.

Miss Silver zuckte die Schulter. „Sind sie fertig mit den Fingerabdrücken?"

„Ja, gewiß."

„Dann schieben Sie das Fenster mal ein Stück hoch."

Frank tat es.

„Halt", befahl Miss Silver, als der Spalt ungefähr dreißig Zentimeter breit war. „Und jetzt gehen Sie bitte und sprechen mit mir von draußen."

Während sie wartete, betrachtete sie nachdenklich den Tatort. Es fiel ihr nichts Außergewöhnliches auf.

Als Frank draußen vor dem Fenster auftauchte, beugte sie sich hinunter, um durch den Spalt mit ihm zu reden. Ihre Köpfe waren nun fast auf gleicher Höhe.

„Sehen Sie, Frank, so kann es gewesen sein. Und wenn ich mich jetzt noch ein Stück vorbeuge, werden Sie wahrhaftig keine Mühe haben, mich zu erwürgen."

Frank bückte sich und untersuchte den Platz unter dem Fenster. „Keinerlei Spuren", stellte er fest.

„Natürlich nicht", versetzte Miss Silver ungnädig. „Der Kies reicht bis zum Haus heran, und es hat seit Wochen nicht geregnet."

„Aber das Fenster war geschlossen", beharrte er.

„Dann versuchen Sie doch mal, das Fenster von außen zuzumachen."

„Außen haben wir keine Fingerabdrücke gefunden."

„Haben Sie welche erwartet?“ fragte Miss Silver ironisch. „Haben Sie im Ernst erwartet, daß unser Mörder einen so unverzeihlich dummen Fehler begehen würde?“

37

Frank kam ins Haus zurück und schloß die Tür des Eßzimmers hinter sich.

„Sie sind also der Meinung, daß der Mord geplant war“, stellte er fest. „Und Sie behaupten, daß Darsie Anning nichts damit zu tun hat. Cardozo, wie wir wissen, kann es ebenfalls nicht gewesen sein. Wenn Marie wirklich durch den Fensterspalt von außen erwürgt wurde, dann muß der Mörder über ziemlich viel Kraft verfügen. Das heißt, Sie schließen vermutlich auch Pippa Maybury aus?“

„Richtig.“

„Was meinen Sie zu James Hardwick?“

„Dazu äußere ich mich vorerst nicht. Ich möchte aber etwas anderes zu bedenken geben, was Sie bisher nicht erwähnten. Marie war nicht gerade ein zartgebautes Persönchen. Vermutlich wehrte sie sich heftig, als sich die Hände des Mörders um ihren Hals legten. Hat Miss Anning irgendwelche Kratzspuren an Händen oder Armen?“

Frank Abbott zog eine seiner farblosen Augenbrauen hoch.

„Nein, hat sie nicht. Aber wenn der Mord geplant war, wie Sie ja glauben, dann kann sie sich vorgesehen haben. Durch

Ärmel, Handschuhe und so weiter. Sie hatte das stärkste Motiv im Field-Fall. Colt sagte mir, es habe eine Menge Gerede gegeben seinerzeit. Darsie verschwand für einige Monate und kehrte völlig verändert zurück. An jedem Klatsch ist ein Körnchen Wahrheit. Marie mag es herausgefunden und Darsie unter Druck gesetzt haben. Für mich bleibt sie jedenfalls Verdächtige Nummer eins. Sie ist eine frustrierte, verbitterte Person, und ich denke, über kurz oder lang wird sie zusammenbrechen. Man muß kein großartiger Psychologe sein, um daraus seine Schlüsse zu ziehen."

„Sie hat sehr viel durchgemacht", sagte Miss Silver mit tiefem Mitleid in der Stimme. „Wenn Sie sie verhaften, was geschieht dann mit Mrs. Anning?"

„Wenn keine weiteren Verwandten da sind, kommt nur ein Pflegeheim in Frage."

„Das dachte ich mir", sagte Miss Silver traurig. Dann blickte sie Frank Abbott scharf an. „Ich möchte, daß Sie die Verhaftung hinausschieben – nur für ein paar Stunden."

Frank zuckte die Schulter. „Glauben Sie im Ernst, daß Sie mir innerhalb weniger Stunden einen Mörder präsentieren können?"

„Mindestens kann ich in dieser Zeit Hinweise sammeln", wich Miss Silver aus.

Er stöhnte. „Na gut. Sie lassen mir ja sonst doch keine Ruhe. Sie haben Zeit bis morgen. Länger kann ich der örtlichen Polizei nicht vorgreifen. Sie wissen, daß ich eigentlich nur wegen Cardozo mit dem Fall zu tun habe. Möchten Sie noch mit den Annings reden?"

Miss Silver schüttelte den Kopf. „Nein. Ich werde mich

später um sie kümmern. Zuerst muß ich mich auf Cliff Edge umsehen."

Darsie Anning hatte keine Ahnung, wie nahe sie dem Gefängnis gewesen war. Nach einem endlosen Verhör waren sie schließlich alle gegangen – der Gerichtsmediziner, der Fingerabdruck-Spezialist, der Fotograf, die beiden Inspektoren und der Superintendent, der nach allen anderen gekommen und vor allen anderen gegangen war.

Nur Sid Palmer hatten sie zurückgelassen. Darsie kannte ihn, seit er ein kleiner Junge war und sich schüchtern hinter dem Rock seiner Mutter versteckt hatte, die als Wäscherin von Haus zu Haus gegangen war. Sid mußte nun ungefähr fünfundzwanzig sein. Er war groß und schlaksig und noch genauso schüchtern wie früher. Sooft Darsie ihn ansprach, wurde er über und über rot und sagte nichts als „Ja, Miss" und „Nein, Miss".

Im Augenblick war nur noch Mrs. Anning im Haus. Die alten Ladies hatten es vorgezogen, die Sensation außerhalb der Pension zu diskutieren. Die Kranke war unruhig und wollte wissen, was vorging. Darsie hatte ihr den Trubel damit erklärt, daß einige Gäste abreisten. Aber Mrs. Anning gab sich nicht damit zufrieden.

„Wie wollen wir denn all die Rechnungen bezahlen, wenn keine neuen Gäste einziehen? Du verschweigst mir etwas, Darsie – du sagst mir überhaupt nie etwas..."

Als Darsie das Zimmer verließ, blieb sie einen Augenblick erstaunt stehen. Seit ihre Mutter krank war, hatte sie sich für nichts anderes interessiert als für das Wetter und ihre unvollendete Stickerei. Ihre plötzliche realistische Frage nach unbezahlten Rechnungen berührte Darsie eigenartig. Es schien, als hätte der ganze Wirbel eine Bresche in die unsichtbare Mauer geschlagen, hinter der die Kranke so lange gelebt hatte.

Miss Silver war nicht sonderlich überrascht, daß die Nachricht von dem Mord Cliff Edge bereits erreicht hatte. Sie wurde sogleich mit Fragen bestürmt, berief sich aber geschickt darauf, daß sie sich nur um Mrs. Anning Sorgen machte.

„Zum Glück verläßt sie ihr Zimmer selten", sagte sie. „Und so ist es vielleicht möglich, die schrecklichen Ereignisse vorerst von ihr fernzuhalten."

Lady Castleton warf den Kopf zurück und bemerkte: „Bei dem Zustand, in dem sie sich befindet, glaube ich nicht, daß der Tod eines Dienstmädchens sie aus der Fassung bringt. Sie hatte schon früher die Eigenschaft, sich abzukapseln. Für sie hatte nichts Bedeutung, was sich außerhalb ihres Hauses abspielte. Nicht wahr, Esther?"

Esther Field nickte gerührt. „O ja. Sie hat sich geradezu aufgeopfert für ihre Familie."

Lady Castleton machte eine abfällige Handbewegung. „Eine jener unterwürfigen Frauen, deren Horizont nur bis zum Kochtopf reicht." Sie stand auf. „Ich werde zum Strand hinuntergehen, auch wenn man nicht schwimmen kann, solange noch Ebbe ist. Kommst du mit, Esther?"

„Ja, gleich."

„Dann tu uns allen einen Gefallen und laß dein Strickzeug oben." Mit vollendeter Anmut rauschte sie hinaus.

„Man darf ihr das nicht übelnehmen", sagte Esther in entschuldigendem Ton. „Sie kennt die Annings nicht besonders gut."

Pippa Maybury lachte laut und eine Spur zu nervös. „Ach, Tante Esther! Du hast doch wirklich für jeden eine Entschuldigung parat! Natürlich kennt sie die Annings nicht besonders gut – weil sie sich für keinen Menschen der Welt näher interessiert, außer für sich selbst... Ich denke, ich werde mich in einen Badeanzug werfen und mit Bill durch den Schlick waten. Wir haben viel Spaß an all den komischen kleinen Tierchen, die man dort findet. Bill weiß eine Menge darüber, und man vergißt dabei so gräßliche Dinge wie Polizei und Mord und..."

Trotz ihres lockeren Tons konnte sie nicht verhindern, daß ihr die Tränen in die Augen traten. Unvermittelt rannte sie aus dem Zimmer.

Miss Silver erhob sich, um ihr zu folgen. Ehe sie die Tür hinter sich schloß, hörte sie Maisie Trevor stöhnen: „Ach Gott, wie häßlich das alles ist! Tom sagt, wir müssen vorerst alle hierbleiben..."

Miss Silver legte keinen besonderen Wert darauf, mit Pippa zu sprechen. Sie hatte nur die Gelegenheit benutzt, sich ohne Aufhebens zu entfernen. Und in der Tat hatte Pippa bereits den oberen Treppenflur erreicht, als Miss Silver durch die Halle schlenderte und Tom Trevor aus dem Arbeitszimmer kommen sah. Er bemerkte sie nicht, sondern schaute über die Schulter zurück und sagte: „In Ordnung, James. Ich werde mich darum kümmern."

Miss Silver wartete, bis er die Treppe hinaufgegangen war. Dann betrat sie entschlossen das Arbeitszimmer.

38

James Hardwick saß mit sehr ernster Miene am Schreibtisch und starrte vor sich hin. Es war unschwer zu erkennen, daß sich seine Gedanken nicht mit Carmonas Vermögensanlagen beschäftigten, die er soeben mit Tom Trevor besprochen hatte.

Er war nicht überrascht, Miss Silver zu sehen. Er hatte damit gerechnet, und Miss Silver wußte das zweifellos.

Sie nahm auf dem Stuhl Platz, auf dem eben noch Tom Trevor gesessen hatte, und sagte: „Sie werden von Marie Bonnets Tod gehört haben. Sie hat offenbar mehr riskiert, als zu erwarten war. Das sollte uns beiden zu denken geben, meinen Sie nicht?“

„Was soll ich dazu sagen?“

„Nichts. Ich tadle in erster Linie mich selbst. Ich habe sie gewarnt, aber ich rechnete nicht damit, daß der Mörder so schnell zuschlagen würde. Den gleichen Fehler will ich nicht noch einmal begehen. Deshalb möchte ich Sie eindringlich darauf aufmerksam machen, daß auch Sie sich in Gefahr befinden, wenn Sie etwas wissen, das den Mörder entlarven könnte.“

James antwortete nicht gleich. Er betrachtete die schwere viktorianische Einrichtung, als sähe er sie zum erstenmal. Dann sagte er, mehr um seine eigenen Gedanken zu beschwichtigen, als um Miss Silver zu widersprechen: „Sie kombinieren etwas zuviel. Ich weiß wirklich nichts Wesentliches, und Sie haben keinen Grund, mir zu unterstellen, daß ich der Polizei etwas Wichtiges verschwiegen habe."

Miss Silver musterte ihn mit einem Blick, der ihn an die Zeit seines Schulexamens erinnerte. „Major Hardwick, ich wollte Sie gestern nicht drängen, aber heute tue ich es. Nach Auffassung der örtlichen Polizei ist Miss Anning die Mörderin von Marie Bonnet. Und da angenommen werden muß, daß Marie den Mörder von Alan Field erpreßte, wird man ihr auch den zweiten Mord anlasten. José Cardozo ist außer Verdacht. Er war zur Tatzeit in London und wurde zu seinem Glück dort von der Polizei beschattet. Bleiben nur noch Mrs. Maybury und Miss Anning. Und die Umstände des zweiten Mordes weisen so stark auf Miss Anning hin, daß sie morgen früh verhaftet wird – wenn Sie es nicht vorziehen sollten, Ihr Schweigen zu brechen."

„Das würde für Miss Anning keinen Unterschied machen, glauben Sie mir", sagte er mit Überzeugung.

„Sie haben den Mörder gesehen?"

„Natürlich nicht!"

Beschwichtigend hob Miss Silver die Hand. „Das dachte ich mir auch. Sonst hätten Sie selbstverständlich nicht geschwiegen. Also, was haben Sie dann gesehen?"

„Nur jemand, der vom Strand heraufkam."

„Nachdem Mrs. Maybury hinuntergegangen war?"

„Ja, unmittelbar danach. Ich hörte Pippa unten noch über den Kies zur Strandhütte gehen, als die andere Person heraufkam. Und das ist auch schon alles, was ich weiß."

„Aber Sie haben die Person erkannt", stellte Miss Silver fest.

James schwieg einen Augenblick. Dann sagte er widerwillig: „Ich möchte mich im Augenblick nicht über die Person äußern, die ich gesehen habe."

Miss Silver seufzte. „Gut, lassen wir das vorerst. Was haben Sie danach getan?"

„Ich sagte es Ihnen. Ich wartete, bis Pippa wiederkam."

Miss Silver sah ihn prüfend an. „Sie sagten mir aber auch, daß Sie Pippa nicht folgten... Stattdessen gingen Sie selbst zum Strand hinunter." Es war keine Frage, sondern eine Feststellung.

James sagte vage: „Wie kommen Sie auf so etwas?"

„Simple Logik, mein Lieber. Pippa war in einem Schockzustand, nachdem sie in der Hütte gewesen war. Und selbstverständlich schauten Sie nach, was sie dort unten so erschreckt haben mochte. Würden Sie mir nun freundlicherweise schildern, was Sie in der Hütte vorfanden?"

„Das, was Pippa beschrieben hat. Field war erstochen worden."

„Haben Sie die Tatwaffe gesehen?"

„Esthers Papiermesser? Ja. Es steckte in seinem Rücken."

„Und Sie beschlossen, es verschwinden zu lassen."

„Ich?"

„Ja, Sie, Major Hardwick. Das Messer brachte das Verbrechen mit Ihrem Haushalt in Verbindung. Ich nehme an, Sie warfen es ins Meer?"

Er nickte.

„Das war nicht sehr klug von Ihnen."

„Zu dem Zeitpunkt schien es mir das beste."

„Verdächtigten Sie Pippa?"

Er schüttelte den Kopf. „Sie konnte es gar nicht getan haben."

„Wieso?“

„Wie ich schon sagte, hörte ich sie über den Kies zur Hütte gehen. Gleich darauf vernahm ich ihren entsetzten Aufschrei. Nicht sehr laut. Es war mehr ein Keuchen. Ich wollte sofort hinuntereilen, aber da kam sie auch schon aus der Hütte gerannt. Ich mußte umkehren, sonst wäre sie direkt in mich hineingelaufen.“

Miss Silver schwieg eine Weile. Dann sagte sie: „Und Sie sind immer noch entschlossen, mir nicht mehr als das zu erzählen?“

„Im Augenblick jedenfalls.“

„Sie brauchen Zeit?“

Er nickte, und Miß Silver lächelte schwach. Zeit – darum hatte sie Frank Abbott gebeten, damit sie sich mit James Hardwick befassen konnte. Und nun war er es, der Zeit brauchte. Es war nicht schwer zu erraten, wofür. Er hatte ähnliche Gründe wie sie selbst. Aber unglücklicherweise ging er ein wesentlich höheres Risiko ein.

„Viel Zeit kann ich Ihnen nicht geben“, sagte sie schließlich. „Wenn ich nicht sofort zur Polizei gehe, dann nur, weil ich hoffe, daß Sie diesen Schritt selbst tun. Allerdings möchte ich Sie zur größten Vorsicht mahnen. Besteht auch nur der leiseste Verdacht, daß Sie etwas Bestimmtes wissen könnten, so wird der Mörder vor einem dritten Verbrechen wohl kaum zurückschrecken. Er hat nichts mehr zu verlieren, vergessen Sie das nicht.“

Mit diesen Worten erhob sie sich und verließ das Arbeitszimmer.

Auf der Treppe begegnete sie Carmona, die ihre Badesachen über dem Arm trug.

„Oh, Sie gehen schwimmen?"

„Ja, sobald die Flut einsetzt. Pippa und Bill macht es nichts aus, eine halbe Meile durchs Seichte zu waten. Aber ich warte lieber, bis das Wasser mir entgegenkommt. Ich möchte heute mal versuchen, zum *Point* hinauszuschwimmen. So weit habe ich mich noch nie getraut. Aber wenn James mitkommt, wage ich es."

„Er ist ein guter Schwimmer?"

„Und ob! Er und Lady Castleton sind unsere Stars. Aber auch Esther und Colonel Trevor sind nicht schlecht."

„Und Mrs. Trevor?"

Carmona lachte. „Sie geht bestenfalls bis zum Knie hinein. Sie hat ständig Angst um ihre Frisur."

Wenig später, als Miss Silver wieder hinunterging, begegnete ihr Carmona zum zweitenmal. Sie trug noch immer ihre Badesachen über dem Arm, aber Miss Silver fiel sofort ihr veränderter Gesichtsausdruck auf. Sie war blasser als vorhin, und ihre gelöste Stimmung war wie weggewischt. Mühsam lächelnd sagte sie: „Ich werde doch lieber erst später baden gehen. Wenn die anderen zum *Point* hinausschwimmen, kann ich ja doch nicht mithalten."

Damit eilte sie die letzten Stufen hoch und verschwand in ihrem Zimmer, während Miss Silver nachdenklich ihren Weg in die Halle fortsetzte. Dort entging sie nur knapp Maisie Trevor, die auf dem Weg zum Friseur war und ihre modischen Absichten sicher liebend gern erläutert hätte. Es gelang Miss Silver, rechtzeitig im Morgenzimmer zu verschwinden, wo sie die Tür angelehnt ließ und wartete. Sie mußte dringend telefonieren, wollte aber auf keinen Fall dabei gestört werden.

Als Maisie das Haus verlassen hatte, hörte sie James Hardwick aus dem Arbeitszimmer kommen und nach oben gehen. Bald darauf kam er mit Carmona wieder herunter. Er trug eine dunkelblaue Badehose und hatte seinen Bademantel lose über den Schultern hängen. Carmona hatte einen bunten Strandanzug und hellgrüne Sandalen an. Miss Silver fing einige Gesprächsfetzen auf, als die beiden die Halle durchquerten.

„Mach dir keine Sorgen, Darling. Ich will ja nur dieses kleine Gespräch. Esther setzt sich nach dem Schwimmen nie hin, wie du weißt. Das scheint mir eine gute Gelegenheit. Wir beide können ja ein andermal...“

„Natürlich“, sagte Carmona und lachte ein wenig. „Außerdem macht es dann mehr Spaß als mit all den anderen...“

Sie verließen das Haus durch eine der Terrassentüren. Miss Silver trat aus dem Morgenzimmer und schaute ihnen nach. Carmona schien wieder glücklich.

Als die beiden die Gartenpforte erreichten, die zum Klippenweg hinausführte, wurde Miss Silver aktiv. Sie schloß sich im Arbeitszimmer ein und rief die Polizeistation an.

Inspektor Abbott? Nein, er war nicht da. Und in Annings Pension? Nein, soviel man wußte, war er dort auch nicht mehr.

Seufzend versuchte es Miss Silver im Hotel *George*. Sie mußte endlos warten, bis schließlich Franks Stimme sich meldete.

„Miss Silver?“

„Ja, ich bin's.“

„Was kann ich für Sie tun?“

„Sind Sie ein guter Schwimmer, Frank?“

Die Frage schien ihn zu überraschen. „Nun... ja, ich denke schon.“

Und von da an hörte er einige Minuten nur noch zu.

Als sie fertig war, sagte er: „Warum nicht? Bei dem Wetter bereitet mir das eher Vergnügen. Und vom Strand des *George* aus ist es auch nicht so sehr viel weiter dorthin.“

„Fein“, sagte Miss Silver erleichtert. Sie legte auf und ergriff ihren Handarbeitskorb, um zum Strand hinunterzugehen.

39

Lady Castleton und Esther Field hielten sich an ihrem bevorzugten Platz auf. Da die Sonne um diese Zeit fast senkrecht stand und die Strandhütte keinen Schatten gewährte, wunderte sich Miss Silver, daß sie die Nähe der Hütte nicht mieden.

„Es mag Ihnen vielleicht sonderbar vorkommen“, erläuterte Esther. „Aber ich finde, man sollte Gerüchten zuvorkommen. Denken Sie nur, bei einer Freundin von mir wurde behauptet, ihr Haus sei verhext, nur weil jemand darin Selbstmord verübt hatte. Schrecklich, nicht wahr? Es dauerte Jahre, bis man aufhörte, hinter ihrem Rücken zu flüstern. Und deshalb dachten wir...“

Miss Silver verzog keine Miene und sagte ernsthaft: „Das war klug von Ihnen. Die Hardwicks könnten sonst vielleicht noch Schwierigkeiten haben, das Haus zu verkaufen.“

Esther lächelte zufrieden und spannte einen altertümlichen Sonnenschirm auf, den sie zwischen den Spazierstöcken des seligen Oktavius Hardwick entdeckt hatte.

Miss Silver nickte ihr freundlich zu und strickte weiter an dem rosa Babymützchen. Sie selbst hatte nichts gegen die Hitze. Der englische Sommer war so kurz, daß sie jeden einzigen Tag davon zu genießen gedachte. Dennoch spannte sie vorsorglich einen riesigen schwarzen Regenschirm auf, der ihr an zahllosen Regentagen schon gute Dienste erwiesen hatte.

Adela Castleton hingegen setzte sich unbedenklich der prallen Sonne aus. Sie schaute aufs Wasser hinaus, auf die raschen, kleinen Wellen, die von der einsetzenden Flut nun zum Strand gedrängt wurden. Ihr Blick verweilte auf dem *Point,* dem mächtigen schwarzen Felsgebilde, das weit draußen aus dem Wasser ragte.

Adela erhob sich in vollendeter Grazie und sagte: „Ich gehe ins Wasser. Kommst du mit, Esther? James und Carmona sind bei den Wassertümpeln unten. Carmona wird ohnehin nicht mitkommen wollen. Du hättest ihr das Schwimmen wirklich besser beibringen können, Esther."

Noch während sie sprach, betrat sie die Strandhütte, um sich zum Schwimmen umzuziehen. Der Fußboden war gescheuert worden, und eine neue, bunte Matte bedeckte die letzten, hartnäckigen Flecken von Alans Blut. Lady Castleton schritt unbeeindruckt darüber hinweg.

„Ich mag es eigentlich gar nicht, wenn ich so weit zu Fuß hinauswaten muß", bemerkte Esther Field seufzend. „Wir könnten uns Zeit lassen, bis die Flut etwas höher steigt. Aber wenn Adela etwas will, muß es sofort geschehen."

Auch Esther zögerte keine Sekunde, den Schauplatz des Verbrechens zu betreten, als Adela in einem schwarzen Badeanzug herauskam, der ihre Figur perfekt modellierte. Auf dem Kopf trug sie einen kunstvoll geschlungenen, leuchtend grünen Frotteeturban.

Ohne sich umzudrehen oder Miss Silver eines Blickes zu würdigen, ging Adela zum Ende der Bucht und sprach dort einige Sätze mit James und Carmona. Esther kam aus der Strandhütte gehastet und eilte mit plumpen Bewegungen hinterher. Auch sie trug einen schwarzen Badeanzug, sah aber nicht annähernd so vorteilhaft darin aus wie Lady Castleton.

Einige Minuten später schlenderte Carmona auf die Strandhütte zu, wo sie sich neben Miss Silver im Sand niederließ, um die drei Schwimmer auf ihrem Weg zum *Point* zu beobachten.

Frank Abbott fand seine Aufgabe sehr vergnüglich. Die hochsommerliche Temperatur mochte bei dreißig Grad liegen. Während Inspektor Colt und der Superintendent in der brütenden Hitze ausharrten und die Verhaftung von Darsie Anning diskutierten, konnte er sich in den erfrischenden Fluten tummeln. Beinahe dankbar dachte er an Miss Silver.

Er war schon eine ganze Weile geschwommen, und noch immer sah der *Point* schwarz, klein und sehr fern aus. Vermutlich würde er noch eine gute Viertelstunde brauchen, wenn nicht sogar länger. Erst gestern war er so weit hinausgeschwommen, und im stillen beglückwünschte er sich dazu, denn nun wußte er bereits, wie er sich zu verhalten hatte. Zur Landseite hin ragte der mächtige schwarze Fels senkrecht wie ein Kamin aus dem Wasser, aber seewärts hatten die Fluten in Jahrtausenden tiefe, flache Einschnitte in das Gestein gespült, die wie Stufen aussahen und den *Point* für Schwimmer zugänglich machten.

Als Frank allmählich etwas näherkam, ließ sich eine Frau in einem schwarzen Badeanzug von einer Felsplatte gleiten und schwamm, ohne ihn zu sehen, zügig dem Ufer zu. Frank verringerte sein Tempo, und als er die seitliche Steilwand erreicht hatte, paddelte er langsam daran entlang. War er zu früh dran? Oder vielleicht zu spät? Oder hatte er den Weg ganz umsonst gemacht? Miss Silver hatte ihn nicht gerade ausführlich informiert. Er sollte möglichst ungesehen zum *Point* hinausschwimmen. Zwei Leute würden sich eventuell dort aufhalten, und was zwischen ihnen geschah, konnte von entscheidender Bedeutung sein.

Vorsichtig ließ er sich weitergleiten. Bis jetzt hatte er nur eine Person wahrgenommen, und die war schon außer Sicht. Vielleicht hatte sich Miss Silver geirrt? Doch noch ehe er diese Möglichkeit zu Ende gedacht hatte, drangen Stimmen an sein Ohr, zuerst eine weibliche, dann eine männliche. Aber er konnte nicht verstehen, was sie sagten. Er blieb dicht am Felsen und schwamm näher heran. Und dann hörte er die Stimmen erneut. Diesmal konnte er die Worte verstehen.

„Ich kann nichts mehr tun“, sagte der Mann. Es war James Hardwick.

Die Frau lachte. „Doch. Du kannst den Mund halten.“

„Nicht, wenn Miss Anning verhaftet wird.“

„Und warum nicht?“

„Ich sage dir doch, ich habe dich gesehen. Ich folgte Pippa, als sie zum Strand hinunterging. Sie muß dir den Schreck deines Lebens eingejagt haben. Ich vermute, du hast dich gegen einen Felsen gedrückt, damit sie dich nicht sah. Und als sie an dir vorbei war, ranntest du den Serpentinenweg hoch."

„Ich? Ha! Ich lag mit Kopfschmerzen im Bett. Ich hatte Tabletten genommen – in Carmonas Gegenwart."

„Carmona brachte dir Tabletten und Wasser und sah dich trinken", korrigierte James Hardwick. „Und irgendwann gegen elf Uhr schaute sie nach dir und hörte dich atmen. Du hattest also genügend Zeit, deine Verabredung in der Hütte einzuhalten – eine Stunde oder länger. Aber du hast getrödelt, und du konntest nicht damit rechnen, daß auch Pippa eine Verabredung hatte. Wäre sie auch nur eine Minute früher gekommen..."

„Absurdes Zeug!" Ihre Stimme wurde hart. „Du kannst nicht im Ernst annehmen, daß ich ein nächtliches Rendezvous mit einem... nein, wirklich!"

„Daran dachte ich auch nicht. Ich glaube eher, daß er dich erpreßt hat."

Sie gab einen verächtlichen Laut von sich und sagte scharf: „In meinem Leben gibt es keine dunklen Punkte, die sich für so etwas eignen!"

„Die Gründe interessieren mich nicht. Ich weiß nur, daß ich dich wegrennen sah. Ich hatte Mühe, dir rasch genug aus dem Weg zu gehen."

Wieder kam von ihr ein verächtlicher Laut. „Woran willst du mich denn in der Dunkelheit erkannt haben?"

„An der Art, wie du gerannt bist. Es war hell genug in jener Nacht. Und es gibt nur wenige Frauen, die so anmutig laufen. Das dachte ich schon beim erstenmal – letztes Jahr, als wir mit Esther in Woolacomb waren. Du liefst über den Sand wie eine

Gazelle. Unverkennbar – sogar in einer Situation wie Mittwoch nacht."

„Und wenn schon! Wie willst du wissen, ob Field nicht schon tot war?"

„Nach Pippas überstürzter Flucht ging ich hinunter und sah ihn"

„Oh! Glaubst du nicht, die Polizei würde dringend wissen wollen, weshalb du deine Entdeckung nicht sofort gemeldet hast?"

James ging nicht auf die Frage ein, sondern sagte: „Ich wußte nicht, warum du ihn umgebracht hattest. Ich dachte, es gäbe möglicherweise Umstände, die bis zu einem gewissen Grad entschuldbar wären, und ich entschloß mich, vorerst zu schweigen. Und dann hast du das französische Mädchen umgebracht..."

Sie lachte höhnisch. „Typisch Mann! Macht sich Gedanken um ein erpresserisches Flittchen! Sie kam mit diesem Ausländer zur Hütte. Ich hatte keine Zeit mehr, zu verschwinden, als ich sie über den Kies kommen hörte. Ich stand hinter den Handtüchern, die zum Trocknen aufgehängt waren. Ich dachte, sie würden gleich wieder wegrennen und Alarm schlagen, so daß ich mich ungesehen entfernen konnte. Aber sie hatten ihre eigenen Interessen. Er war ganz versessen darauf, ein Dokument zu finden. Aber sie erkannte mich, als der Schein der Taschenlampe auf mich fiel. Zu dem Zeitpunkt wußte ich das allerdings nicht, denn sie sagte keinen Ton. Als er gefunden hatte, was er suchte, verschwanden sie durchs seichte Wasser aus der Bucht – es war Ebbe, so daß sie nicht zum Klippenweg hoch mußten. Außerdem mußte er sich waschen, wie das kleine Flittchen umsichtig bemerkte. Ich wartete, bis sie weit genug weg waren, aber da kam auch schon Pippa."

Ihre Stimme hatte im Lauf der Erzählung einen lockeren Plauderton angenommen – zu locker. In Frank Abbotts Gehirn schlug eine Alarmglocke an. Er verließ seine Position und paddelte der flachen Seite des Felsens zu, während ihm unwillkürlich ein Filmtitel durch den Kopf ging: „Tote Zeugen reden nicht". Der Gedanke berührte ihn unangenehm.

Adela Castleton und James Hardwick saßen auf einem Felsblock direkt über dem Wasser. Die Sonne schien auf sie nieder, und die Wellen umspielten ihre Füße.

„Nun, das ist alles", sagte sie, immer noch im leichten Plauterton. „Du erwartest sicher nicht, daß ich dich zur Polizei begleite?" Anmutig stand sie auf.

James starrte nachdenklich ins Wasser. Ja, nun war alles vorbei. Oder besser: Bald würde alles vorbei sein. Und je rascher, desto besser...

Er sah nicht, wie Adela in ihren grünen Frotteeturban griff und einen kleinen, schweren Schraubenschlüssel zum Vorschein brachte. Er spürte nur, daß ein metallisch harter Gegenstand schmerzhaft auf seinen Kopf niedersauste und seine Gedanken auslöschte. Das kühle, grüne Wasser, in das er gestoßen wurde, fühlte er nicht mehr.

Adela Castleton stieß ein leises, triumphierendes Lachen aus, ehe sie sich ins Wasser gleiten ließ. Drei Gefahren hatten sich ihr in den Weg gestellt – und sie hatte sie alle drei beseitigt. Zwei Männer und eine Frau waren kein zu hoher Preis für ihre Sicherheit. Außerdem konnte sie sich auf ihre vielgerühmte Intelligenz verlassen; sie hatte ihre kleine, traurige Geschichte schon fix und fertig – wie James auf den *Point* geklettert und ausgerutscht war, wie er mit dem Kopf aufgeschlagen und ins Wasser gestürzt war, und wie sie alles Menschenmögliche unternommen hatte, nach ihm zu tauchen und ihn zu retten. Vergeblich, leider...

Und jetzt gleich würde sie um den schwarzen Felsen herumschwimmen, landwärts, um verzweifelt auf sich aufmerksam zu machen. Zufrieden glitt sie ins Wasser. Und da durchzuckte sie ein eisiger Schreck. Keine drei Meter entfernt entdeckte sie Frank Abbott. Aber es dauerte nur einen flüchtigen Augenblick, bis ihr trainiertes Gehirn wieder voll arbeitete.

„Major Hardwick", keuchte sie. „Er ist heruntergefallen, o Gott, er hat sich den Kopf angeschlagen – helfen Sie mir! Oh, Inspektor Abbott, Sie sind es! Rasch, tun Sie etwas..."

Obwohl sich alles in Sekundenschnelle abgespielt hatte, reagierte Frank Abbott, sobald James Hardwick auf dem Wasser aufgeschlagen und untergetaucht war. Adelas letzte Worte erreichten sein Ohr schon nicht mehr. Er stieß sich kräftig vom Gestein ab und tauchte. Im ersten Moment trübte das Salzwasser seine Augen, aber dann prallte er schon direkt auf James Hardwick, der benommen um sich schlug. Aber Frank verzichtete darauf, ihn nach alter Rettungsschwimmer-Regel außer Gefecht zu setzen. Er hatte einen blitzenden Gegenstand in Adela Castletons Hand gesehen und vermutete, daß James bereits einen empfindlichen Schlag erhalten hatte. Das mußte reichen, um mit ihm fertig zu werden. Außerdem konnte man ja nicht wissen, ob die Mörderin nicht noch eine weitere Trumpfkarte ausspielen würde.

Doch Adela war zu intelligent, um nicht zu wissen, daß sie

geschlagen war. Mit einem halb Ertrunkenen und einem anderen ahnungslosen Mann hätte sie den Kampf aufnehmen können. Aber nicht mit diesem Polizisten, der auf der Hut war und mindestens ebensogut schwimmen konnte wie sie selbst. Außerdem hätte sie nur für den einen Toten eine perfekte Geschichte gehabt. Den zweiten würde sie nicht mehr glaubwürdig erklären können. Nein, es war aus. Sie hatte gespielt, und sie hatte verloren. Aber sie hatte nichts zu bereuen...

Als Frank James auf die unterste Felsplatte half, war Adela Castletons leuchtend grüner Turban schon gut hundert Meter entfernt. Das Wasser war wundervoll klar, und Adela schwamm hinaus in die unendliche Weite des Meeres.

40

Am wenigsten überrascht war Esther Field.

„Sehen Sie, ich kannte Adela seit unserer Schulzeit", erklärte sie Miss Silver. „Und sie hat sich nicht verändert. Wenn sie etwas haben wollte, hat sie es sich beschafft – ohne jede Rücksicht. Es hat mich eigentlich immer ein bißchen erschreckt. Geoffrey Castleton zum Beispiel war mit einem anderen Mädchen verlobt gewesen, als sie ihn kennenlernte. Das Mädchen hatte nicht die geringste Chance – und Geoffrey auch nicht. Er sagte mal zu mir: ‚Man kann ein Leben nicht allein auf Ehrgeiz aufbauen, liebste Esther.' Ist das nicht traurig?"

„Sehr traurig", bestätigte Miss Silver seufzend.

Esther betupfte ihre geröteten Augen mit einem Taschentuch. „Ich mußte noch oft daran denken, auch als er schon lange tot war. Aber daß Adela in ihrem Ehrgeiz so weit gehen würde... entsetzlich, nicht wahr? Natürlich wäre es für uns alle ganz furchtbar gewesen, wenn Alan diesen albernen Briefwechsel zwischen Irene und Penderel veröffentlicht hätte – ganz furchtbar mißverständlich. Penderel wollte ihr einfach nicht weh tun, verstehen Sie? Aber die Leute hätten das Schlimmste gedacht, wie immer. Ich hätte eigentlich von selbst darauf kommen müssen, daß Alan auch von Adela Geld verlangen würde. Und dann... mein Gott, ich hätte es mir denken können..."

Sie brach in Tränen aus, aber unter Miss Silvers gütigem, verständnisvollem Blick beruhigte sie sich rasch wieder.

„Und die arme kleine Marie, die ich eigentlich nie so recht mochte! Wahrscheinlich wollte auch sie Geld aus Adela herausholen... ach, es ist so schrecklich! Und als jedermann sagte, es konnte nur ein Mann gewesen sein, weil nur ein Mann solche Kraft haben kann... da mußte ich unwillkürlich an den Hund denken, den Adela einmal erwürgt hat."

Ihre Stimme sank zu einem zitternden Flüstern herab. „Es war einer von diesen riesigen Farmhunden, wissen Sie. Er fiel Adela an, und sie erwischte ihn an der Kehle. Sie erwürgte ihn – einfach so! Es fiel mir plötzlich wieder ein, und ich fürchtete... Aber daß sie auch noch versuchen würde, James etwas anzutun..."

Um einem neuen Tränenausbruch zuvorzukommen, sagte Miss Silver rasch: „Er konnte nicht zulassen, daß Miss Anning verhaftet wurde."

„Nein... natürlich nicht. Die armen Annings! Ich hätte mich um sie kümmern sollen, nicht wahr? Aber ich konnte immer nur an Adela denken... Sie waren doch dort – wie geht es ihnen?"

„Miss Anning ist von den Ereignissen ein wenig angegriffen, versteht sich. Aber ihrer Mutter geht es erstaunlich gut. Tatsächlich hat sich ihr geistiger Zustand rapide gebessert. Schockeinwirkungen haben eben manchmal auch etwas Gutes."

„Oh, das freut mich!" sagte Esther aufrichtig. „Ich mochte sie immer sehr. Sie war so rührend besorgt um ihre Familie. Gewiß, sie ist nicht gerade überragend klug – aber meinen Sie nicht, wir sollten für eine Weile genug haben von überragender weiblicher Klugheit?"

Miss Silver lächelte.

Es dauerte geraume Zeit, ehe Inspektor Abbott sich freimachen konnte. Er begleitete die Polizei- und Rettungsboote, die die Suche nach Lady Castleton aufgenommen hatten. Aber die stundenlange Aktion blieb erfolglos.

Frank Abbott ließ sich absetzen und ging in sein Hotel, um sich umzuziehen und eine Kleinigkeit zu essen. Er fand eine Nachricht von Inspektor Colt vor und meldete sich telefonisch.

„Miss Silver sagt, daß Mrs. Anning eine Aussage zu machen hat", berichtete Colt.

„Aber ich bitte Sie!" erwiderte Frank ungläubig. „Dazu ist sie doch gar nicht imstande!"

„Miss Silver sagt, daß sie die Aussage machen kann. Am besten schauen wir mal hin."

„Gut“, stimmte Frank zu. „Dann lassen Sie mir zwanzig Minuten Vorsprung. Ich habe noch etwas zu erledigen. Wir treffen uns dann bei den Annings.“ Kopfschüttelnd legte er den Hörer auf.

Kurz darauf saß Miss Silver etwas besorgt Frank Abbott im Morgenzimmer gegenüber. Es konnte ja immerhin sein, daß er nicht genügend hatte hören können, um die Identität des Mörders einwandfrei festzustellen. Womöglich verdächtigte er nun gar James Hardwick?

Aber seine Erzählung beruhigte sie.

„Und jetzt“, sagte er zum Schluß, „möchte ich nur noch wissen, weshalb sie mich zum *Point* hinausschwimmen ließen – genau im richtigen Augenblick. Sind Sie Hellseherin?“

Miss Silver lächelte und häkelte gelassen einen weißen Spitzenrand um das fertige rosa Babymützchen.

„Nun, ich versuchte James Hardwick vergeblich zu überzeugen, daß er unverzüglich zur Polizei gehen mußte. Solange er sich nicht dazu entschloß, befand er sich natürlich in größter Gefahr. Aber er zog es vor, zuerst mit Adela Castleton zu reden – draußen bei diesem unheimlichen schwarzen Felsen.“

„Wie konnten Sie das so genau wissen?“

Miss Silver lächelte. „Eine glückliche Fügung, mein Lieber. Ich hörte Mr. und Mrs. Hardwick zufällig etwas Derartiges erwähnen.“

„Aber es war doch auch Mrs. Field dabei...“

„Gewiß. Doch sie haßt es, im nassen Badeanzug herumzusitzen. Es war anzunehmen, daß sie als erste zurückschwimmen würde.“

Frank lachte. „Wie einfach das alles klingt – wenn man es erst einmal weiß!"

„Es war wirklich nur eine glückliche Fügung", sagte Miss Silver bescheiden.

41

Darsie Anning empfing Miss Silver und die beiden Inspektoren ziemlich ungnädig. Zuerst hatte sie sich die Belästigung ihrer kranken Mutter rundheraus verbeten. Aber Dr. Adamson, den sie zur Verstärkung herbeigerufen hatte, war überraschenderweise der Meinung gewesen, daß jede Berührung mit der Realität Mrs. Annings Gesundungsprozeß nur fördern konnte.

Schweigend ging Darsie voraus und bot den Besuchern die bequemen Sessel an. Sie selbst nahm auf einem harten Stuhl Platz.

Das erste, was Frank Abbott bemerkte, war, daß Mrs. Annings Stickerei gediehen war. Offenbar hatte sie aufgehört, fortwährend knotenlose Seidenfäden durch den Stoff zu ziehen. Auch ihr Aussehen hatte sich verändert. Ihre Augen schienen nicht länger blicklos, und sie wirkte auch nicht mehr, als befände sie sich in einem Traum.

Sie begrüßte ihre Besucher lebhaft, insbesondere Miss Silver.

„Darsie meint, das Gespräch könnte mir schaden", erklärte sie. „Aber sie irrt sich. Ich fühle mich ausgezeichnet. Und ich möchte Ihnen behilflich sein. Zwar bin ich nach wie vor der Meinung, daß Alan Strafe verdient hat. Und dieses fremde Mädchen, Marie Bonnet, war mir nie sympathisch. Aber niemand verdient, ermordet zu werden."

„Wir sind Ihnen wirklich sehr dankbar, Mrs. Anning", bemerkte Frank Abbott. „Was können Sie uns über die Nacht vom Mittwoch sagen?"

Seine ruhige, kultivierte Stimme gab ihr Selbstvertrauen. Sie lehnte sich in ihrem Sessel zurück, ließ ihre Stickerei in den Schoß sinken und sagte: „Ich erinnere mich an alles. Ich sah Alan durch den Garten gehen. Darsie wollte nicht, daß ich mit ihm spreche. Deshalb beschloß ich, ihm heimlich zu folgen. Die Gelegenheit war günstig."

„Waren Sie denn angezogen?"

„Nein. Ich schlüpfte nur in meinen dunkelblauen Morgenmantel. Und ich hatte meine Hausschuhe an – sie sind so bequem, wissen Sie."

„Sie folgten also Alan?"

„Ja. Er ging den Klippenweg entlang und bei Cliff Edge zum Strand hinunter. Er hatte eine Taschenlampe dabei, und ich sah ihn in die Hütte gehen. Ich wollte mit ihm reden. Aber als ich die Hütte fast erreicht hatte, hörte ich jemand über den Kies kommen – sie hatte nicht so weiche Hausschuhe an wie ich und machte wesentlich mehr Lärm. Ich ging rasch um die Hütte herum und verhielt mich ganz still. Ich hörte, wie sie hineinging und mit Alan sprach. Sie stritten sich – nicht sehr laut, aber böse."

„Mrs. Anning, wissen Sie, wer die Frau war?"

„O ja, natürlich! Wir kannten uns ja alle früher, in der guten alten Zeit. Es war Adela Castleton."

Inspektor Colt schrieb auf, was sie sagte.

„Sie stritten sich um Briefe, die Adelas Schwester Irene vor langer Zeit geschrieben hatte. Alan verlangte Geld, und plötzlich stritten sie nicht mehr. Adela sagte ganz ruhig: ‚Ich habe mein Scheckbuch bei mir. Reich mir eben mal Esthers Buch als Schreibunterlage herüber! Ich habe mich auf einmal sehr gefürchtet . . ."

„Aus einem bestimmten Grund, Mrs. Anning?"

„O ja – es war irgendwie unheimlich. Es paßte nicht zu Adela, daß sie so einfach nachgab."

„Und was geschah dann?"

„Ich hörte so etwas wie ein Stöhnen, und dann fiel etwas um. Adela lachte leise. Und dann hörte ich jemand über den Kies kommen."

„Mrs. Maybury?"

„Nein, noch nicht. Sie waren zu zweit. Marie Bonnet und ein Fremder . . . ein Ausländer. Ich erkannte es, als er sprach. Es klang wie Spanisch oder Portugiesisch. Er hatte eine Taschenlampe, und Marie sagte: ‚Oh, mon dieu, il est mort!' Und der Mann redete ganz aufgeregt in seiner Sprache. Nur mit Marie sprach er englisch. Er wollte Alan nach einem wichtigen Brief durchsuchen, einem Brief seines Onkels. Und ich glaube, er hat ihn gefunden. Marie drängte, und er mußte sich waschen, deshalb gingen sie nicht mehr zum Klippenweg zurück, sondern am Strand entlang, und Adela kam aus der Hütte. Aber sie war noch nicht weit, als ich wieder jemand kommen hörte. Ich schaute vorsichtig um die Ecke, und es war ein junges Mädchen mit sehr hellen Haaren. Sie betrat die Hütte und stolperte. Auch sie hatte eine Taschenlampe, und das Licht flackerte. Aber ich sah es ganz deutlich: Da lag Alan, er hatte einen Dolch im Rücken und war tot – ich wußte, daß er tot war. Das Mädchen gab entsetzte Laute von sich, und als sie aufstand, war ihr Kleid ganz voll Blut. Sie rannte weg, und ich wollte selber gehen, denn ich befürchtete, Darsie würde mich vermissen und sich Sorgen machen – meine liebe, kleine Darsie ..."

Darsie fühlte, wie die ungeweinten Tränen vieler bitterer Jahre in ihr aufzusteigen drohten. Mühsam versuchte sie, sich zu beherrschen.

„Sie gingen also weg?" fragte Abbott.

„Nein, ich konnte nicht. Denn da kam ein Mann – James Hardwick. Er war als kleiner Junge oft in Cliffton, und später, als sein Onkel Oktavius starb, kam er mich besuchen."

„Was tat er?"

„Als er Alan sah, sagte er: ‚O mein Gott!' Er fühlte ihm den Puls und zog den Dolch heraus und ging damit zum Wasser hin. Seine Schritte waren laut genug, daß er die meinen nicht hören konnte, und ich lief weg, so schnell ich konnte."

„Ist das alles?"

„Ja. Außer, daß Darsie bereits nach mir suchte und mir entgegenkam. Sie muß wirklich sehr erschrocken sein, die Ärmste, als ich nicht in meinem Zimmer war."

Darsie blickte verlegen zu Boden.

„Wir haben Ihnen sehr zu danken, Mrs. Anning", sagte Frank Abbott. „Ihre Aussage ist uns sehr nützlich. Sie bestätigt vor allem die Angaben von Mrs. Maybury und Major Hardwick. Und wie Ihnen Miss Silver sicher erzählt hat, konnte ich ein Geständnis von Lady Castleton mithören, so daß uns nun eigentlich nur noch die Aussage von Mr.

Cardozo fehlt. Dann können wir die Akte schließen."

„Adela..." sagte Mrs. Anning nachdenklich. „Sie hat immer erreicht, was sie wollte – nur diesmal nicht..."

42

Pippa Maybury hatte sich an Bills Schulter ausgeweint und schaute ihn aus geschwollenen Augen glücklich an. Frank Abbott und Miss Silver mochten den Fall gelöst haben, aber ihrem Gefühl nach war es Bill gewesen, der sie vor dem Gefängnis bewahrt hatte und der sie trotz allem noch genauso liebte wie früher. Nie, nie mehr würde sie mit fremden Männern flirten! So etwas war albern und unnötig und dumm und lieblos. Nein – nie wieder!

In Oktavius Hardwicks ehemaligem Schlafzimmer stand Carmona am Fenster und schaute hinab in den mit Skulpturen überladenen Garten. Hinter ihr öffnete sich die Tür. James kam herein, und ohne sich umzudrehen, sagte sie: „Wie rasch können wir von hier weg?"

Er lachte leise und legte den Arm um sie.

„Du kannst sofort, wenn du willst. Aber mich werden sie wohl bis zum Inquest morgen früh noch hierhaben wollen."

„Ohne dich gehe ich nicht", sagte Carmona.

Sie lehnte sich zärtlich an ihn und dachte: Es spielt keine Rolle, wie lange ich noch hierbleiben muß. Von mir aus eine Ewigkeit – solange ich mit James zusammen bin.

Zur selben Zeit unterhielt sich Frank Abbott mit Miss

Silver im Morgenzimmer.

„Nun, haben Sie Cardozos Aussage inzwischen?" fragte Miss Silver.

„Ja. Sie deckt sich mit dem, was wir schon wußten. Er hat selbstverständlich zugegeben, daß er das gebrochene Bein seines Bruders nur erfunden hat. Er hatte höllische Angst, man könnte ihm den Mord an Field in die Schuhe schieben. Den Beweis trug er ja praktisch bei sich. Er konnte zwar sich selbst einer gründlichen Reinigung unterziehen, aber das Dokument, das er dem Toten abgenommen hatte, war über und über mit Blut beschmiert. Er versteckte es vor Angst im Absatz seines Schuhes, damit es nicht überraschend bei ihm gefunden werden konnte. Die Leiche, die wir aus dem Fluß fischten, war also tatsächlich sein Bruder Felipe, und es scheint ziemlich sicher, daß Field ihn umgebracht hat, um den Lageplan des Schatzes an sich zu bringen. Durch seine Erpressungen hoffte er, das Geld zum Kauf des Hauses aufzutreiben, in dem der Schatz vergraben ist – wenn es ihn überhaupt gibt."

Miss Silver nickte nachdenklich. „Cardozo wäre jetzt dennoch in einer sehr üblen Situation, wenn Mrs. Anning nicht ihre überraschend klare Aussage gemacht hätte."

„Und ob!" bestätigte Frank Abbott. „Haben Sie übrigens vor, noch länger hierzubleiben?"

„Ich werde noch ein paar Tage bei den Annings verbringen. Darsie hat glücklicherweise eine Aushilfe gefunden, und es sieht so aus, als ob die bösen Ereignisse sich nicht allzu schlimm aufs Geschäft auswirkten. Für September haben fast lauter Stammgäste gebucht, die ihr die Treue zu halten scheinen."

„Das freut mich für Sie. Aber eines haben Sie mir noch immer nicht verraten, Verehrteste: Wie sind Sie denn überhaupt auf die Idee gekommen, Lady Castleton zu verdächtigen?“

„Durch sie selbst natürlich“, sagte Miss Silver, milde verwundert, daß der Inspektor nicht von sich aus daran gedacht hatte. „Und durch die Schlaftabletten, versteht sich. Oder erscheint es Ihnen etwa logisch, daß eine so selbstsichere Person wie Adela Castleton sich plötzlich von Carmona Hardwick bemuttern und zu Bett bringen läßt? Das konnte nur bedeuten, daß sie ein Alibi haben wollte. Und dann fielen mir natürlich noch ein paar Kleinigkeiten auf. Am Tag nach dem Mord war Lady Castleton nicht nur von ihren Kopfschmerzen befreit, sondern sie konnte trotz aller Selbstkontrolle nicht vermeiden, daß sie ein kleiner Hauch von Triumph umgab – oder vielleicht sollte ich besser ‚Zufriedenheit‘ sagen. Sie sehen, es war wirklich alles ganz simpel.“

Frank lachte. „Und was hat Sie veranlaßt, James Hardwick auf den Zahn zu fühlen?“

„Mein lieber Frank, das sollten Sie eigentlich längst erkannt haben. Lady Castleton war Gast in seinem Haus – ein prominenter Gast von unantastbarem Ruf. Sie zu verdächtigen, war ihm absurd erschienen. Sie konnte schließlich eine ähnliche Geschichte aufzuweisen haben wie Pippa Maybury.“

„Gewiß. Und ich wundere mich sogar, daß sie nicht zu einem solchen Märchen Zuflucht genommen hat. Es wäre nicht so leicht zu widerlegen gewesen.“

Miss Silver seufzte. „Ich bitte Sie! Das hätte sie niemals in Erwägung gezogen!“

„Wieso denn nicht?"

Vorwurfsvoll erläuterte Miss Silver: „Schon der leiseste Verdacht hätte einen Schatten auf ihre makellose Karriere geworfen – ein unerträglicher Gedanke für den wahren Adel. Sie scheinen von hohen moralischen Grundsätzen aber wirklich nicht viel zu halten, lieber Frank . . ."

Er lachte schallend und erntete dafür einen ihrer berühmten mißbilligenden Blicke.

Übersetzung aus dem Englischen von Johanna Bardili
Titel der englischen Originalausgabe: OUT OF THE PAST

Erstveröffentlichung: Hodder & Stoughton, Ltd., London
Lektorat: Monika Raeithel-Thaler
Titelbild: Ulrike Heyne
Umschlaggestaltung: Regina Bürger
Bestellnummer: 8229

München – Wien – Hollywood/Florida USA
ISBN 3 505 08229 5